Elisa Vidal Eiximeno

LA NOCHE MÁS LEJANA

(TRIESTE
Madrid)

1986
BIBLIOTECA DE AUTORES ESPAÑOLES

CARLOS PUJOL
LA NOCHE MÁS LEJANA

(TRIESTE,
Madrid, 1986)

© CARLOS PUJOL
© TRIESTE. C/. VILLANUEVA, 14 - 5.º B. TFNO. 435 95 48
28001 MADRID
I.S.B.N.: 84-85762-59-2   D.L.: M. 16.923 - 1986

IMPRESO Y HECHO EN ESPAÑA
POR PRUDENCIO IBÁÑEZ CAMPOS. C/. CERRO DEL VISO, 16
TORREJÓN DE ARDOZ (MADRID)

LA NOCHE MÁS LEJANA
(1986)

A LA ACADEMIA DE LOS FICTICIOS

Tirez du rêve notre exode, voulez-vous?
PAUL VERLAINE

I

Anocheció muy aprisa sin dar tiempo al crepúsculo, como un efecto teatral mal calculado, y vi despintarse de golpe todo el verdor que encauzaba el río; se oscurecieron por arte de magia las orillas ennegrecidas, los diques de arena, las acequias y juncales, y más allá el desierto dorado palideció hasta desaparecer en la bruma, convirtiéndose en un fantasma de sí mismo.

Abandonados al movimiento del agua cenagosa, los faluchos parecían huir dejando atrás velozmente alguna amenaza mortal, y sus velas rasgaban el horizonte; pero casi todo era irreconocible, aún no habíamos aprendido a ver en aquella nublada luz que nos hacía devaneos o sombras móviles flotando en la incertidumbre.

Sin nada que anunciase tan súbita mutación, de pronto éramos siluetas irreales en un espectáculo de fantasía, desdibujados e inseguros, apariencias sin cuerpo que iba a borrar la noche igualándonos a la oscuridad. Sentí el alivio de una caricia invisible, cerré los ojos y vi surtidores de estrellas que una ráfaga deshacía en el aire.

Los quinqués de aceite empezaron a arder entre chisporroteos, y ante las candilejas tuve la sensación de pisar un escenario fluctuante en el que se exigía de nosotros que improvisáramos una comedia que nadie había escrito aún, confiando en que unas frases al azar acabaran por constituir la historia.

Todos cómicos disfrazados, simuladores de lo que nos gustaría ser en un encantamiento de artificios, legitimando interesadamente la superchería de los demás para que ellos nos confirmasen en nuestra ficción; y así, al trabar una mentira con otra dar forma a un argumento del que nada sabíamos y que había que descubrir con la esperanza de que coincidiera con alguna verdad.

Primero, desfigurar las voces adoptando una falsa desenvoltura, como si fingir fuese nuestra verdadera naturaleza, luego, que parecieran convincentes gestos y ropa, matices infinitos del juego de ser otros, aprovechando aquella ocasión excepcional que se nos brindaba de elegir una personalidad distinta.

Y todo en un atardecer violentísimo, exótico, que no era el de los cielos ingleses y su blandura, y en medio de aquel atrezzo confuso, los mal imitados accesorios de un vapor en el río, con el manso ronroneo metálico que salía de sus tripas y que estorbaba la concentración de los comediantes.

¿Qué público podía creer en aquello? Se veía a la legua tanta tramoya, alambres y papel pintado, cosméticos y pomadas, la falta de naturalidad, la inexperiencia, la rigidez de las actitudes. ¿Qué pretendían aquellas gentes, a quién querían engañar? ¿Cómo era posible una razonable armonía en una improvisación así, a la desbandada?

Sin duda eran comicastros novicios los que encarnaban tan torpemente, con exageraciones de tan mal gusto, a un matrimonio griego almibarado y melindroso, esnob, vestido a la europea; él, barrigudo, calvo, como una montaña de sudor, altanero y vulgar; ella, parodia de gran dama, sin dignarse dirigir la vista hacia dos criaturas ataviadas de principitos, como si se avergonzase de su prole.

Y los dos franceses empeñados en divisar no sé qué en

la lejanía, ¡cómo se echaba de ver su incomodidad, qué embarazada tiesura en los movimientos amaneradísimos! ¿Nadie les había dicho que su murmullo no sonaba a francés, sino a un chapurreo falsificado y gangoso? ¿Quién cuidaba en aquella función esos pormenores que son la sal de la verosimilitud?

Como la damisela que fingía contemplar el río, pendiente del soplo del apuntador, esperando con ansiedad el momento en que tuviera que decir una frase de relleno, anodina, en la que iba a poner a buen seguro un énfasis inútil. ¿Cómo nadie había notado que el polisón con el lazo verde botella y los floripondios del corpiño y de la falda eran excesivos para su papel de inglesa en el extranjero?

Y los indígenas altos y sonrientes, de cabellos ensortijados, ¿quiénes había que suponer que eran? ¿Derviches espiando con aviesas intenciones a los demás viajeros? No, me negaba a aceptar que los derviches fuesen así, o por lo menos no debían escenificarse así, aquél era un detalle gratuito, un brochazo facilón.

Estaba también el turco de pacotilla, exactamente como cualquier ciudadano de Londres podía representarse a un turco, no era posible menos ingenio u originalidad, más abandono al lugar común; y muy cerca de él, otro personaje de repertorio, el inglés despistado y olímpico, con la pipa entre dientes y la nariz ganchuda.

La otra orilla se había fundido en la oscuridad y sólo unas débiles luces indicaban su turbia presencia; me figuré allí a un público invisible y rumoroso que empezaría a manifestar impacientemente su desaprobación por nuestra mojiganga. Todo era ridículo y mal pergeñado, sin calidad e indigno, como suele decirse, del arte de Talía.

En cuanto a mí... Admití la idea de que yo también podía parecer ilusorio a los demás, amparado como ellos en un disfraz de circunstancias, sin inventiva y con dotes de actor poco sobresalientes. ¿Por qué iba a ser una excepción? Allí no se salvaba nadie, todos debíamos mostrarnos como histriones.

La barba digamos que es postiza, los espejuelos artilugios engañosos, como una máscara convencional, no para ver, sino para no ser visto, y las sienes tan blancas en contraste con la negrura del cabello un toque disparatado de caracterización, obra del tinte, no de la edad. O sea...

—¿Me permite dos palabras, monsieur le baron?

Era un individuo canijo al lado de una enorme maleta que aún empequeñecía más su figura; con una mano apretaba el sombrero hongo sobre el corazón, como para impedir que las emociones se lo alborotasen, y juntaba a la altura de la nariz el pulgar y el índice de la otra mano, anunciando la ínfima cantidad de tiempo que se atrevía a solicitar de mí.

—Si sólo son dos...

—Ni una más, monsieur le baron. Saturnin Petitfils, del comercio, para lo que guste mandar.

Le dediqué una breve cabezada de cortesía, y él me tendió una tarjeta mientras ponderaba el honor que era para su humilde persona poder hablar conmigo. Empleó largos minutos en adularme de un modo insulso, hasta que tuve que interrumpirle abruptamente en lo que juzgué un acto de defensa propia.

—Muy agradecido, pero no voy a comprar nada. Y menos aún artículos de París, que según dice es lo que usted representa.

—Monsieur le baron...

—También desearía hacerle notar que viajo de incógnito.

—¡Cómo no iba a saberlo, monsieur le baron!

Me miraba con ojillos insolentes, y repitió el ademán del pulgar y el índice implorando un poco más de mi precioso tiempo. Parecía un actor secundario, pero con buen oficio, nada desdeñable, poniendo fervor y ambigüedad en un papel que no encajaba con los demás, pero que añadía el aliciente de la sorpresa a una representación más bien sosa.

—¿Ha de ser ahora mismo?

—Si mañana por la mañana, después del desayuno, el señor barón pudiera concederme...

> Feliz quien sabe aceptar
> lo que no puede evitar.

Glücklich ist, wer vergisst, was doch nicht zu ändern ist, canturreé resignadamente. Él sonrió dando muestras de conocer la canción y de compartir su filosofía. Levantó la maleta y se fue andando de espaldas, siempre con el hongo sobre el pecho, dedicándome reverencias en las que creí advertir una parsimonia bufa.

Aún estaba hablando con el francés cuando sonó el gong, y me dirigí al comedor donde me esperaba mi mesa preferida que ningún otro viajero podía ocupar. Los clientes de la Agencia Cook tomaban por asalto las otras mesas en medio de una excitación y un barullo que por unos momentos me hizo dudar de la proverbial superioridad británica.

Una vez aposentados, mientras yo aún maldecía in mente al señor Thomas Cook, de Ludgate Circus, que se hacía rico haciendo ver mundo a los miembros más impresentables de la sociedad inglesa, apareció un sombrero de bordes escarolados, una especie de bicornio con abolladuras al que se hubieran añadido lazos de terciopelo, flores y plumajes para disimular el deterioro.

Bajo aquel horrible monumento había alguien que no me era desconocido del todo: la joven del polisón, aunque ensombrerada de otra manera. ¿Por qué se cambian de sombrero las mujeres para ir a cenar? ¿Coquetería, refinamiento social, dernier cri, escasa fe en los atractivos de su persona? ¿Y cómo podían suponer que aquellos adefesios las mejoraban?

Tal vez los clientes de la Cook se multiplicaban ocultamente, porque ya no había ningún sitio libre, y le ofrecí compartir mi mesa; pareció extrañarse al oír mi perfecto inglés, como si hubiera esperado de mí algún bárbaro y rudo balbuceo, interpuso entre los dos una sonrisa distante, sacó de la bocamanga un pañolito que olía a reseda y no supo qué hacer con él.

—Perdón— dijo sin que supiésemos qué había que perdonar.

Una voz bonita, pensé, quizá no domina el papel, le faltan tablas y desde luego no sabe qué hacer con las manos, lo cual es imperdonable, pero es posible que tenga madera de actriz, y si adquiere más aplomo, ¿por qué no?, un buen director escénico podría sacarle partido, sobre todo si ha de hacer de ingenua, que es lo que le va.

Aunque la luz era escasa, me di cuenta de que no era tan joven como antes me pareció; tampoco podría decirse sin exagerar que fuese una belleza. La frente llena de rizos tenía cierto encanto, pero las facciones eran angulosas, la cara hecha de aristas, el mentón demasiado pronunciado, y en torno a los labios la piel trazaba delatoras curvas.

No obstante, había en su rostro una agitada armonía que no hubiese sabido a qué atribuir. ¿O era el perfume de la reseda entre nosotros, haciéndome olvidar el arroz con menta, la incomible carne y el color achocolatado de la salsa, como los efluvios de un jardín cuando se abre la ventana de un lugar que asfixia?

Hice varios intentos por entablar conversación, pero se atrincheraba en una cortesía glacial, con ese sonriente hieratismo de señorita bien educada a quien inculcaron ya en la niñez que delante de extraños había que apretar los labios como si se los hubiera comido, y que lucir los dientes era un reprobable signo de descoco.

Un zurcido, un largo zurcido como una indiscreta oruga surcaba vergonzosamente la manga de su traje, abollonando la tela, cicatriz de pobres o descuido de guardarropía. Debió de advertir que yo estaba mirando aquel desperfecto porque se azaró, otra vez echó mano del pañolito, hizo un movimiento brusco y volcó el vaso de agua.

Acudió un camarero con la pretensión de empapar su servilleta para no cambiarnos el mantel, y le detuve con un gesto imperativo. La moneda que le di y que podía pagar muchas cenas como aquella le dejó hecho una estatua, se acercaron dos o tres más con ojos como platos desatendiendo al resto de los comensales, sin decidirse a reparar el remojón que había motivado aquella propina de nabab.

Un individuo aceitoso que oficiaba de maître nos pidió mil disculpas, declarándose contritamente responsable de todo, dirigió al camarero unas enigmáticas palabras que sonaron como maldiciones, y nos rogó que le hiciéramos el honor de pasar a un saloncito privado donde podría atender a la señora y a Su Excelencia como nos merecíamos.

Ella se negó enérgicamente, pero el brío y la decisión de los camareros, que hasta entonces no se habían caracterizado por su solicitud, tenían que vencer cualquier resistencia, y nos acomodaron en un lugar pequeño, tranquilo y relativamente lujoso, donde nos sirvieron otra cena dando por digerida y olvidada la que estábamos a punto de concluir.

El menú fue más esmerado, y el propio maître vigiló la ceremonia del cubo de hielo y la botella de champán que nadie había pedido. Al verse volviendo a cenar y con una copa en la mano, a la joven del sombrero se le escapó la risa por los ojos, y entonces su dulcificada expresión me recordó a alguien, no sabía a quién.

Me miraba irónicamente por encima del candelabro que iluminaba nuestra mesa dando un aire de insólita intimidad a la situación. Su azoramiento se había disipado hasta el punto de hacerle olvidar lo que una señorita comme il faut no tiene que hacer ante desconocidos, por ejemplo, bromear con ellos.

—No les imaginaba tan preocupados por nuestro bienestar— observó.

—Yo tampoco, ha sido un cambio inexplicable. De todas formas no se sienta obligada a cenar dos veces.

Creo que torció levemente el busto para ofrecer a mi contemplación a modo de reto el zurcido de la manga, como una herida recuerdo y testimonio de combates de los que estaba orgullosa, que no tenía porqué ocultar. Yo comí poquísimo, pero comprobé que ella no hacía ascos a la segunda cena.

—No quisiera escandalizarle comiendo tanto, pero siempre tengo apetito, es como una enfermedad crónica. Cuando era niña y nos invitaban a tomar el té, antes de salir de casa mi madre me hacía comer unas rebanadas de pan con mantequilla para que luego pudiese aparentar un apetito decoroso.

Estaba infringiendo todas las reglas de los manuales, levanté la copa en honor a su sinceridad y entonces comprendí que el suyo era el mismo perfil de la antigua reina Baodicea, según aquel grabado de lejana memoria. Cuando de niño uno ha visto a una reina, sobre todo en sueños, no olvidará sus rasgos.

—Barón Wolkenstein-Trotsburg— me presenté.

Lo aceptó serenamente y permaneció inmóvil, como si esperase la rápida caída del telón después de una frase rotunda que es el final de un acto. Vi que pestañeaba mientras parecía buscar palabras que amortiguasen las mías, equilibrando su sonoridad clamorosa, y antes de seguir comiendo dijo:

—Me decepciona, le había tomado por un califa. Yo no estoy a su altura, sólo me llamo Patricia Kilkenny.

—¿Irlandesa?

—Mis antepasados, aunque supongo que lo sigo siendo. Y usted será alemán.

—Austríaco, pero soy de todas partes.

—Yo únicamente nací en Surrey.

—Ya ve, los dos nos prestamos a equívoco.

—Los hombres deberían ser lo que parecen, Men should be what they seem, dice Yago.

—Es mucho pedir, y además debe de ser un ideal muy

aburrido. Engañar y ser engañado es un buen pasatiempo, pero veo que es erudita en literatura.

—Sólo en Shakespeare. Es mi trabajo, soy actriz.

Respiré hondo, como si viera cumplirse un deseo que no me hubiese atrevido a comunicar a nadie, saqué otra moneda y la acerqué a las bujías; el maître acudió como una mariposa deslumbrada por la llama, insensible a todo lo que no fuera aquel fulgor, y pedí algo distinto a lo que llamaban con escandalosa impropiedad champán, lo que tuviesen, pero auténtico.

—¿Me acepta otro brindis? Por una intuición feliz, por lo que empieza siendo una metáfora y termina por ser verdad.

—En el teatro no hay más verdad que lo que el público cree, pero lo consideraré un requiebro.

Le resumí mis imaginaciones ociosas de aquella tarde en cubierta, hermoseando galantemente la primera impresión que ella me había producido, se rió de buena gana, hicimos los honores a unos sorbetes estimables y concluimos nuestra definitiva cena con café. Para entonces ya la había clasificado entre el candor, la desconfianza y la literatura.

—Como le decía, soy de todas partes, es lo más grato y lo que menos compromete. Vienés, un poco parisiense como cualquier persona civilizada, he vivido en Inglaterra, ahora vengo de Italia...

—¿Caminos de hierro, minas, fondos públicos, agiotaje?— su voz imitaba malignamente un tono de displicencia.

Hice un gesto indefinido dando a entender que eran cosas de barones, aunque me pareció de indispensable buen gusto poner cara lastimera: nadie podía imaginar el calvario del que es inmensamente rico, las zozobras de la opulencia, el sufrimiento y el esplín que acompañan a las fortunas excesivas.

—¿No me compadece?

—Si se empeña...

—No crea que no es trabajoso tener que divertirse continuamente. Cazar osos en Hungría con los Baltazzi, la temporada de aguas en Karlsbad, las carreras de Freudenau, el verano en el Tirol, y no hablemos de los carnavales, la rutina del Prater, el Jockey Club.

—Me pongo en su lugar, ha de ser espantoso —gimió—. ¿Y no tiene otras ocupaciones?

—Años atrás serví en el Undécimo Cuerpo del Ejército Imperial y Real en la Galitzia Oriental y la Bukovina —solté de un tirón para provocar el efecto cómico—. Pero no quiera saber lo que es la Bukovina en invierno, la trepidante vida de guarnición en lugares donde sólo se ven cabras y pastores. Lo dejé lo antes posible. Fue en mi lejana juventud— añadí.

Yo esperaba sus protestas por aquella hiperbólica alusión a mi edad, pero no dijo nada, y he de confesar que su silencio me mortificó. Hay omisiones perversísimas. O no captó la broma, debía de verme como un vejestorio, aunque ella tampoco era ya muy joven. Quizás era un tema de conversación tabú para la mujer de treinta años, había sido una falta de tacto en mí.

—Comprendo —dijo de un modo soñador—. Quiere decir que usted nunca ha trabajado.

—¿Para qué?— susurré con educada inocencia.

Detrás de su sombrero, por el círculo del ojo de buey pasó la vela de un falucho en la oscuridad, como el ala de un ángel sobre la superficie del río. Me mordí los labios, el discreteo del salón había degenerado estúpidamente en una fatuidad mezquina que no correspondía en modo alguno a mi papel —¿qué idea tenía yo de los barones?— y que me avergonzaba.

Adopté un tono sincero y sumiso que pedía disculpas por mi impertinencia, no para congraciarme con Miss Kilkenny, a la que probablemente no volvería a ver, sino para ensayar una salida airosa, de hombre de mundo, después de aquel traspié, previendo que mi interpretación iba a tener fallos semejantes en el futuro.

Me interesé por su carrera, pero ella estaba ya a la defensiva y se limitó a decirme que había poco que contar, que lo suyo era Shakespeare, sólo Shakespeare, porque todo lo demás le resultaba insípido, pasiones plebeyas, pareció decir con un mohín desdeñoso. Le gustaba disfrazarse y decir palabras hermosas y nobles que sonasen a antiguas.

—Pero no crea que soy una gran actriz, sólo una medianía aceptable.

—Es severa consigo misma. Pero ¿no ha elegido un país un poco exótico para los clásicos?

—Tía Lizzie eligió por mí. Hace tres años vino por sus pulmones y ahora me ha pagado el viaje para que le haga compañía durante unas semanas. Una cómica también puede servir para distraer a la familia —se levantaba ya—. En fin, le agradezco la conversación y las cenas.

—Mañana podríamos almorzar juntos.

—Mañana termina el viaje, y luego...— hizo un gesto teatral con la mano, una especie de aleteo, y sonrió.

—Si puedo hacer algo por usted...

—Ya que es tan poderoso —decidió inesperadamente— y con oro nada hay que falle, acláreme un misterio.

¿Por qué no se ven cocodrilos?

Yo no tenía la menor idea, y el maître pareció embarazado con la pregunta, a la que respondió con vaguedades balbucientes. No sé qué dijo de los cocodrilos disecados que se colgaban en la puerta de las casas, pero aquello no satisfacía su curiosidad, en el fondo estrambótica.

—Pues nos quedamos sin saberlo.

—Ya ve que el dinero no lo puede todo.

—Ni siquiera retenerla unos minutos más— dije simulando un arranque de irreprochable galantería vienesa.

—Ni siquiera eso.

Hizo un mutis impecable ante las cansinas miradas de acémila de los camareros, mandé que trajeran más café y permanecí largo rato allí, ajeno a los bostezos con que pretendían acortar mi sobremesa, divagando disparatadamente con la agilidad mental que me prestaba aquel moka que casi podía cortarse; hasta que Miss Kilkenny, su voz, su perfume, se hundieron en un olvido sin nombre.

Al día siguiente, apenas pisé la cubierta después del desayuno, se me acercó el porfiado commis voyageur con su maletón a rastras, luciendo una radiante sonrisa matinal. Otra vez el obsesivo lenguaje de los dos dedos, haciéndome prever las prolijas explicaciones que se iban a abatir sobre mí.

—Ahora no, por favor, más tarde— le dije.

Me dedicó una pantomima dócil y maliciosa, encorvándose en un saludo absurdamente rendido; fue a decir algo, pero por fin se limitó a retroceder también con humildes reverencias. Posé una altiva mirada sobre su pequeña estatura con la intención de anonadarle, pero no se alteró en lo más mínimo.

—No hay prisa, monsieur le baron. Siempre a sus órdenes.

Unas horas más tarde volvió a anochecer de un modo súbito, y se me renovaron las caprichosas fantasmagorías del día anterior. Volví a verme en medio de una función teatral que tenía visos de irrealidad, como si todos nosotros, en aquella atmósfera entre dos luces, pasáramos a ser dramatis personae, quizá sin saberlo, de una comedia inexistente.

¿Y mi actriz? Allí estaba, de espaldas a mí, ahora con un traje color pulga acaso también zurcido, aunque en lugares que no la traicionarían de un modo tan visible. La escena que habíamos improvisado no fue gran cosa, al menos yo no guardaba muy buen recuerdo de mi actuación y preferí que no me viese.

¿Estaría repasando tiradas de Shakespeare? No, su curiosidad seguía siendo más bien turística; preguntó al de la nariz ganchuda el nombre de las aves blancas y grises que llenaban el aire, y él sin sacarse la pipa de la boca y con voz de ventrílocuo se limitó a decir: Garzas.

Ahí acabó la conversación, y me puse a imaginar las reacciones de ella, sus pensamientos de dignidad ofendida. Desde que ya no volveré a cumplir los treinta años cada vez tropiezo con más hombres poco galantes, podía estar diciéndose. Y se componía los rizos de la frente en un gesto maquinal de falsa indiferencia.

O acaso se abandonaba a una expansión entre lírica y filosófica que mitigase poéticamente su despecho. ¡Ay, el tiempo! Finalmente había que contar con él, estaba tasado, no era un don inagotable de los dioses como creí. ¿Sonaba eso a Shakespeare? Cuando a uno le da por exagerar cae sin remedio en la poesía.

En cuanto al barón de anoche, ¿qué pensaría de él? Que era chiflado, ostentoso y extravagante, demasiado expeditivo, sin nuances, y con resonancias de vulgaridad impropias de sus apellidos de opereta. O acaso los barones eran así y sólo en el teatro se comportaban como hay que suponer que deben hacerlo. Afortunadamente existía el teatro para consolarnos de la vida.

Claro que ella había dado un espectáculo de voracidad que daba pie a las suposiciones más negras. ¿Dónde se había visto a una señorita cenando dos veces consecutivas ante un caballero desconocido que le ofrecía champán y con el que bromeaba? ¡Y todo eso encontrándose sola, lejos de Inglaterra y en un barco! Las actrices...

El hombre de la maleta se disponía a una nueva maniobra de abordaje, y le indiqué por señas que lo aplazáramos una vez más. Como guste, no nos faltarán ocasiones, se lo aseguro, leí en sus labios, a distancia, mientras yo trataba de reanudar el hilo de mis fantasías. Las actrices...

Aquello era como una amenaza, pero no iba a tomar en cuenta sus sandeces. ¿Qué podía temer del hombrecillo? Querría venderme sus artículos de París, era la única explicación, aunque tanto interés era sospechoso. Yo también era sospechoso, pero era preferible olvidarlo, porque si aceptaba el miedo podía derrumbarse casi todo, el cielo entoldado de sombras, la vida y sus promesas, yo mismo.

Le había cogido gusto al lenguaje poético. Pasó una vela más ante nuestros ojos como una exhalación, una mancha triangular blanca y huidiza, resbalando entre la noche que acababa de caer sobre el río, y después vi el embarcadero a la debilísima luz que quedaba en algún rincón del cielo. El vapor tosía estrepitosamente, inundándonos con sus humaredas.

El hombre de la pipa estaba absorto, como si hubiera visto aquello miles de veces y le interesara mucho más el paisaje interior de sus recuerdos que le hacían invisible el mundo. A su lado, Patricia Kilkenny podía estar recitándose a sí misma: No hay proporción, milady, entre este lugar y vuestros sueños. También sonaba a Shakespeare, y en el fondo quizá lo fuese.

En cualquier caso, decirlo de aquel modo daba más grandeza a lo trivial. ¿Sorprendida, desilusionada, esperaba algo así? Lo que se espera tiene siempre un tamaño mayor que la realidad. Hasta que me cansé de ejercer mis dotes adivinatorias y abandoné mis personajes a su suerte, que cada cual se las compusiera como pudiese sin mi ayuda.

En la anochecida, ante nosotros, masas oscuras de adobe, barracones polvorientos, un cobertizo con un mástil desnudo y palmeras escuálidas como habíamos visto repetirse infinitamente en las orillas, con míseros penachos abanicando la altura del aire. Detrás, civilizadas siluetas que supuse hoteles y el chapitel de una iglesia gótica.

Vi que se ajetreaban en espera de que el vapor atracase, como en una salida atropellada, con prisas y ganas de acabar, de todos los actores. En la escena final, los clientes de la Agencia Cook y los demás comparsas parecíamos huir, como aburridos o culpables, fatigados de aquella interminable representación.

Solamente el hombre de la nariz ganchuda permanecía impasible, con algo demoníaco en el perfil, acorazándose en su falta de urbanidad y resistiendo el asalto de cualquier emoción. Un inglés fuera de su patria ha de carecer de nervios y estar preparado para cualquier sorpresa.

En seguida sufrimos la invasión, unos tipos con caftán sucios y chillones se acercaron impetuosamente a los equipajes, disputándose maletas, sacos y baúles como el más codiciado de los botines. Miss Kilkenny no acertaba a defenderse y acudí en su socorro: hice restallar una orden tajante en alemán a modo de berrido cuartelero, y la chusma, aunque no adoptó la posición de firmes, nos dejó en paz.

Dediqué a la actriz la mirada del heroico Perseo después de salvar a Andrómeda del mar y de los monstruos, y ella me correspondió con un aplauso fingido y burlón, evidentemente negándose a tomarme en serio; pero después de elegir al menos selvático de los mozos de cordel, aceptó cruzar la pasarela apoyada en mi brazo.

En tierra nos aguardaba quien sólo podía ser tía Lizzie, una anciana impalpable de delgadez, casi transparente, con una mancha de tercipelo en la mejilla, sosteniéndose de manera precaria con la ayuda de dos bastones y mirándonos como objetos adquiridos por correspondencia y cuya calidad aún no había tenido ocasión de comprobar.

—Las piernas ya no me llevan, aquí me tienes hecha un cuadrúpedo— dijo después del ritual de los besos apresurados y las muecas de expectación y cariño.

—Tienes muy buen aspecto, tía Lizzie— mintió voluntariosamente la recién llegada.

—Olvida tu profesión, estamos en familia. Este caballero, ¿no será tu marido?

Es posible que me excediese en la rigidez del saludo

militar, ella cabeceaba como para indicarnos que creía a su sobrina capaz de cualquier desvarío. De la noche surgió una criada negra que dijo llamarse Dinah y que aspiraba a exhibir una sonrisa afable, pero que a mí me pareció que se relamía pensando en el festín que se iba a dar con nosotros al menor descuido.

—¿Cómo voy a presentarme aquí casada sin haberte avisado?

—No sé, cada vez pasan cosas más peregrinas. ¿Tú sigues con lo tuyo?

—Sí, claro.

—¿Y Stanislas? ¿Qué es de él?

—Murió hace tiempo, tía Lizzie, ¿no te acuerdas?

—¡Cómo se muere la gente! —se lamentó—. ¿Y aquella colección de relojes antiguos que tenía?

—Pues supongo que todos parados.

Dio a entender que en este caso se desinteresaba del tal Stanislas, y se despolvoreó el vestido dándose golpecitos con uno de los bastones. ¿Iba a durar mucho mi estancia allí?, quiso saber, yo repuse que pocos días, y le extrañó tanta prisa. Me alojo en el Richmond Hotel, dije sin aclarar más.

Emitió un sonido confuso que interpreté como una aprobación condicional, y cuando su sobrina dijo mi nombre y título nobiliario cambió una mirada con la negra, como si se consultasen algo que no convenía decir a las claras. Me despedí, y al besar la mano de la anciana la oí bisbisear:

—Pregunte por Mrs. Leforest, todo el mundo sabe dónde vivo.

El cuarto del hotel estaba tapizado incongruentemente de percalina marrón, con manchas redondas de humedad como ojos inmensos que nos mirasen, y por un efecto de resonancia podían oírse todos los ruidos de las habitaciones vecinas; al otro lado de la pared alguien estaba haciendo abluciones acompañadas de sonoros resoplidos de elefante.

Insólitos detalles de modernismo a la americana, como un tubo de gutapercha para comunicar órdenes al despacho, contrastaban con una lentísima procesión de insectos, tal vez hormigas diminutas, afanándose en torno a unas migajas de pan que alguien había abandonado sobre la alfombra.

Después de cenar salí a la calle, y en la puerta del Richmond vi a un mendigo ciego que escribía en el polvo con una caña, trazando garabatos invisibles. Alquilé un coche aunque sabía que no era la hora más adecuada para ver la población, y así me lo advirtió el cochero varias veces, escandalizado.

—Es muy tarde para ir al castillo, señor.

—Pues vamos allí.

Pero antes quería hacer una visita. Entablamos una vacilante conversación, es muy tarde para cualquier cosa, insistió refunfuñando, no entendía aquel paseo nocturno. La tibieza del aire y sus perfumes violentos, que me eran desconocidos, me producían un vaivén de sensaciones adormecedoras.

Le hice esperar delante de la mezquita de ladrillo, y a los pocos pasos encontré la puerta claveteada que tenía en el umbral una franja de almagre, tal como me habían dicho. Aporreé la madera hasta que abrieron, y el tufo ácido y picante que se agarró a la garganta me indicó que no me había equivocado de lugar.

Sayed, el tintorero, me recibió a oscuras y escuchó

todo lo que yo tenía que decirle sin hablar, sacudiendo incesantemente la cabeza como un autómata que sólo supiera repetir los mismos movimientos bruscos, pero que fuese incapaz de imitar la voz humana. Por fin pronunció una frase cortísima, anunciando la respuesta a mi petición para el día siguiente.

—No quiero cualquier respuesta —le avisé—. Necesito ir a Narambi pase lo que pase.

Él sólo dijo Mañana, y dando media vuelta se perdió en aquella boca de espesada oscuridad. De detrás de una tina vi aparecer a un criado tuerto que me empujó hacia la calle sin contemplaciones, y la puerta se cerró ruidosamente detrás de mí. Volví a subir al coche, ahora podía llevarme donde quisiera.

Nos acercamos al río, en el que brillaban hilachas de luz, y atravesamos un largo silencio, con chozas coronadas por vuelos de palomas que se asustaban a nuestro paso, algún tenducho con el fulgor mortecino de un candil y palmeras, siempre palmeras sacudiendo desesperadamente sus sombras en el vacío.

El suelo arenoso gemía bajo las ruedas acompañándonos de un ritornello tristón, palos hincados en la tierra formaban un rudimentario camino que iba sorteando huertas y cañizares, y al final surgió la mole blanca del castillo, con torres redondas y almenas desmochadas, perdida en la opacidad, como una ruinosa y bárbara arquitectura testimonio de indiferencia y de fracaso.

No había mucho que ver y emprendimos el regreso después de un conato de contemplación inútil. Por todas partes, montículos de arena y escombros, como si estuvieran exhumando una vida oculta que hasta entonces sólo había merecido desdén. Pregunté si eran excavaciones arqueológicas, y el cochero levantó exasperado las manos, sin encontrar palabras bastantes expresivas para describir la locura humana.

Volvíamos a rodar entre casas, y ahora, como una respuesta al silencio, se levantó de pronto un ventarrón. Pensé que aquella era una tierra inhóspita, un apeadero o, por así decirlo, una caravanera, simple lugar de paso, necesario e incómodo, donde nadie tenía amigos. De Mrs. Leforest el hombre no sabía nada, eran demasiados los extranjeros para conocerlos a todos.

Sobre todo, me advirtió, señor, no haga caso a nadie, no hay ningún peligro. ¿A qué peligro se refería? No quiso o no pudo contestar. Me vi de nuevo ante la puerta del hotel, que era un débil resplandor velando en la ciudad dormida. El mendigo de antes continuaba haciendo arabescos misteriosos en el polvo, enfrentado a la noche.

II

Iba de un lado a otro como una ardilla, dándome consejos, hundiendo sus botas en la arena a poco que se descuidara o enfangándose, distraído con su propia voz, que le bastaba oír para hacerse la ilusión de que sostenía un diálogo. Finalmente, sólo para demostrarme a mí mismo que no me había quedado afónico, dije:

—Se está poniendo perdido.

—No se preocupe, monsieur le baron, estoy acostumbrado a todos los terrenos y a todos los climas.

Me pareció que estaba a punto de añadir: y a todos los barones, pero tampoco quería ser demasiado suspicaz. El sol se colaba por las derrumbadas techumbres posándose en el ladrillo de las paredes, que dejaban ver así impúdicamente humildes materiales ocultos por aquella pompa exterior tan ruinosa. Pensé que era un espectáculo venerable y más bien feo.

Muros color de mostaza picados de viruela por los siglos, con gradaciones que iban desde el casi blanco al encarnado, ceniciento, naranja, polvo de oro, violáceo; columnas coronando capiteles de palmas y hojas de loto, filas de signos que alineaban serpientes, estrellas, pájaros, óvalos como bocas abiertas, rugosidades de mar encrespado, cóncavas barcas, peces, racimos, cuerdas trenzadas que sugerían un muñeco en pie.

—¿Y qué noticias me da del chef del Richmond?

—Nada memorable —accedí a responder—. Dudo que merezca que le llamemos chef. Es un fanático partidario de la carne concentrada Liebig, el pescado es irreconocible y sabe a ceniza, y sirve unas sospechosas jaleas que es mejor olvidar.

—¿No le han dado unos pichoncitos rellenos de trigo verde?— puso cara sibarítica, como paladeando aquella exquisitez.

—Ni por asomo.

—¡Estamos en manos de ineptos!— se quejó con amargura.

—También se come una masa coruscante y oleosa que aún no sé lo que es —vi que cabeceaba con una manifiesta incredulidad acerca de su sabor—. En cambio el moka es magnífico.

—¡Ah, el moka!

Y empezó a hablar de las diversas clases de café como si hubiese estado persiguiéndome con el único objeto de compartir conmigo sus amplios conocimientos sobre la materia. Era un hombrecillo pertinaz, difuso y desperdigado a quien no arredraban mis desaires y que se emborrachaba de palabras al menor pretexto.

La brisa del río agitaba las banderolas de colores atadas a los mástiles de los faluchos, y en la otra orilla se veía pasar una recua de asnos sobre el fondo de la corteza roja de los tamarindos. Detrás de mí las redes de los pescadores cubrían las fachadas de las casas como una tela de araña.

Petitfils seguía dando precavidos rodeos que adornaba con frases rebuscadísimas, y aquello podía durar indefinidamente, el café, el pepino con especias, los cien sabores del asado, según el refrán. Pero ¿qué refrán? Le interrumpí, ya que me había sorprendido visitando las ruinas del templo estaba dispuesto a escucharle.

—Sólo le pido que sea breve— dije, comprendiendo que le pedía algo sobrehumano.

—Lo intentaré, monsieur le baron —suspiró, como si le obligara a hacer chapuceramente lo que con más sosiego hubiera podido llegar a convertirse en una obra de arte—. Ya sabe el señor barón que represento artículos de París. Si yo pudiera...— miró hacia atrás, desamparado por la ausencia de su maletón, que aquella mañana no llevaba consigo..

—Aligere.

—Mal me está el decirlo, pero represento al non plus ultra de lo que puede ofrecer París en este ramo, artículos extrafinos que ha adoptado la sociedad elegante de ambos mundos, todo lo que puede conseguir que una mujer se convierta en otra, supongamos que más bella, lo cual no es floja tentación.

—Le sigo— observé alarmado, al ver que hacía una pausa meditabunda.

—Pues verá, desde el Agua Divina, que conserva la frescura de la juventud, o la Leche Antefélica, que da pureza al cutis y disipa pecas, sarpullidos, arrugas precoces y rojeces, a la pasta epilatoria Dusser, que se recomienda por sí misma, el Savon La Juvénile, sin ninguna mezcla química, y eso vale la pena que se subraye en los tiempos que corren, o los polvos adherentes e invisibles Calliflore: color, suavidad y perfume.

—¿Y qué?

—Para no hablar del regenerador de los cabellos Royal Windsor, de la Pasta Circasiana para las manos o de la Crème Ninon de Lenclos, de cuyos fabricantes le diré con legítimo orgullo que son fournisseurs de plusieurs cours. Usted ya me entiende.

—A las mil maravillas.

—En perfumería tenemos la Loción Guerlain, el

Heliotropo Blanco —exquisito en forma de gotas para el pañuelo—, el Agua de Colonia Imperial Rusa y, last, but not least, los perfumes inalterables de la última moda parisiense: Heno Cortado, Oeillet, Kananga del Japón, Jazmín y Aubépine.

—¿Y Reseda?— pregunté por decir algo.

—Oh, ça c'est vieux jeu!— dijo con una mueca de dolor, deplorando la inexorable fugacidad de la moda.

—¿Y todo eso es lo que me quería contar en dos palabras? —estallé—. Pues le felicito por representar productos tan acreditados, pero no pienso usar ninguno de ellos.

—Concédame unos instantes más, monsieur le baron. Esto es sólo el preludio.

Haciendo acopio de paciencia, me distraje con las extrañas visiones que proporcionaba el lugar, tal vez propicio a consideraciones sobre la absoluta inutilidad de nuestros esfuerzos en lo que respecta a estar de moda y al uso de cremas, afeites y perfumes. ¿Qué significaba lo anticuado y lo rejuvenecedor entre aquellos pedruscos que tenían milenios?

De la arena emergía una mano colosal con dos dedos rotos que debía de corresponder a un gigante abatido y sepultado bajo nuestros pies tras alguna batalla fabulosa; más lejos, en un rincón, una cabeza cortada, el rostro inexcrutable, de ojos ciegos, la nariz hendida, como un decapitado titán que el tiempo humillaba ante nosotros.

Ça c'est vieux jeu! ¡Dios mío! Me apoyé en una de las columnas semienterradas mientras me resignaba a seguir oyendo al francés, que iba detallando las astucias que había tenido que desplegar para introducirse en los harenes principales; porque un harén, añadió empinándose para enaltecer su afirmación, a pesar de que la gente en Europa se lo tome a chanza, es una cosa seria.

Las recomendaciones que había arrancado al cónsul (compadecí a los sufridos miembros de aquella representación diplomática), los sobornos a eunucos de aspecto muy fiero que llevaban una gumía al cinto, las muestras de Esencia de Violetas de San Remo y de Tintura Mágica con que había tenido que agasajar a viejas esclavas recelosas.

La perfumería de París, con su riqueza de nombres florales, hacía que me acordase de la muchacha de Shakespeare, o ya no tan muchacha, que olía a jardín inglés en primavera. Olía lo mismo que los jardines de Surrey, con aromas de reina campesina que disfraza su sencillez con flores y una túnica de teatro para vestir su majestad.

Después de muchas maniobras, regalos, sonrisas, palabrería mentirosa, prospectos ilustrados, promesas y sahumerios a modo de demostración, conseguía tener entrada, no al mismo harén, claro está, porque cuando un infiel penetra en un harén de allí sólo puede salir metido en un saco que va a parar con un lastre de plomo al fondo del río, pero sí muy cerca, dentro de lo que admite la seguridad propia, del recinto infranqueable.

Un lugar sombrío y discreto, donde solamente se cuchichea, donde no se oyen las pisadas por el grosor de las alfombras, como si uno anduviera sobre nubes, con las paredes cubiertas de tapices que parecen ocultar espías o criados que se disponen a degollarnos al menor desliz.

Aquellos profundos divanes junto a celosías que permiten a las mujeres ver sin que nadie las vea, oír desde penumbrosas estancias a cubierto de toda curiosidad, asomándose con ojos de fuego y de avidez a todo lo que pudiera alegrar las lánguidas horas de su retiro y la monotonía de una reclusión sin fin, como sagrada.

Le servían sorbetes y café en una vajilla de plata con incrustaciones de pedrería, después de perfumarle las manos con agua de rosas, y le entregaban un chibuquí para fumar durante la espera, que podía ser larga, porque es un privilegio excepcional ser admitido tan cerca del harén, y el tiempo entonces deja de contar.

Podía transcurrir una hora, a veces dos, y entre tanto se oía una música sensual rota por estridencias que enervaban, y tambores y castañuelas como de cobre. El tiempo era una morbidez delicadísima y frágil, gomosa, inmóvil. Él se iba repitiendo para darse ánimos: Saturnin, hay que ser paciente.

—Este es también mi caso, amigo mío.

Pareció no oírme, seguía su relato hablándome de esclavas abisinias de inenarrable belleza y de odaliscas cuyo bulto creía adivinar bajo la gasa de unos velos que se insinuaban al otro lado de las rejas de la celosía; risas de mujeres invisibles, con largos capuchones entrevistos que les cubrían la cabeza, igual que frailes, en medio de un crujir hiriente de sedas.

Les había vendido de todo, desde lociones capilares hasta Hierro Bravais para la clorosis —aunque ésta no era su especialidad—, píldoras del Doctor Cronier, vendas plásticas La Carmelita, elixires vinosos de efectos depurativos y toda clase de productos de belleza, cuyas entusiásticas descripciones acogían con gritos sofocados de alborozo.

Pero sobre todo —y este era un dato para los aficionados a lo pintoresco y los que se interesaban por minucias de las costumbres orientales—, la pasta epilatoria, ya ve usted, de lo cual deducía que en los harenes se daban con frecuencia problemas de vello, ese vello, me recordó, que tanto afea el rostro femenino.

—Aunque...

—¿Cómo dice?— yo ya había perdido el hilo de la digresión.

—Quiero decir que no tengo la seguridad de que algunos no consideren el vello como un encanto suplementario.

—Oiga —aquella observación era la gota que hacía desbordar el vaso—, ¿no le parece que como preludio ya está bien?

—Era indispensable. Ahora usted me conoce y podemos hacer un trato ventajoso para los dos.

—¿Un trato? No conozco a nadie que tenga nada que ver con harenes.

—No es eso, no es eso, monsieur le baron. Yo me embarqué río arriba en busca de nuevos horizontes comerciales con el presentimiento de que conocería a quien podría serme de gran ayuda...

—Se ha equivocado de persona. Yo sé quién es usted, pero por lo que veo a mí no me conoce.

—Sí y no —hizo un gesto dubitativo para subrayar la ambigüedad de lo que se proponía decir—. Es cierto que no tengo el honor de conocerle a fondo, pero en cambio...

—En cambio, ¿qué?

—En cambio conocí muy bien en Viena al señor barón de Wolkenstein-Trotsburg— dijo por fin abanicándose con el hongo.

Los dos callamos estableciendo una tácita tregua. Yo procuraba pensar rápidamente para ver con claridad el alcance de aquella nueva situación imprevisible; de todas formas las previsiones no hubieran servido de nada bajo aquella luz cruda que deshacía todos los equívocos, perfilándonos con una nitidez que también tenía algo de desvalimiento.

—¿De veras?— pregunté en un tono de perplejidad desinteresada jugando con las gafas, con lo cual reduje al francés a un cuerpo borroso imaginariamente próximo a la inexistencia.

—Puede creerme. Conocí al señor barón (que Dios haya, porque falleció hace un par de años), y que por cierto tenía bastante más edad que usted. En apariencia reconozco que usted le aventaja en mucho, él no parecía tan barón, pero, claro, tenía a su favor el hecho de serlo. Cosas de la vida. También conocí a la señora baronesa, que me honraba con importantes pedidos, y no puedo decir que conocí a sus hijos porque desdichadamente no tenían. La felicidad total no es de este mundo.

—Ya veo.

—No sé qué es lo que verá, ¿le importa que le apee el tratamiento, cher monsieur? Al menos en privado. Pero sí puedo decirle lo que estoy viendo yo: una formidable alianza comercial beneficiosa para ambos. Una especie de sociedad. Yo aporto mis productos, lo tangible, usted los apellidos, la marca de abolengo. Sin duda tendrá tarjetas estampadas con aquella decorativa corona, precaución digna de un hombre de sus recursos y de su talento, el título con su letra gótica, siempre tan elegante, tan señorial. Basta con que me las dé, con su firma y rúbrica, debajo de unas amables y calurosas palabras recomendando mi modesta persona como proveedor suyo.

—¿Eso le va a servir?

—¡No conoce usted a mi clientela! ¡Y en este país, mon Dieu! Será como el sésamo de las mil y una noches.

—¡Un Wolkenstein-Trotsburg sirviendo de reclamo para la Pasta Circasiana y la Creme Ninon de Lenclos!— me lamenté sarcásticamente.

—En un Wolkenstein-Trotsburg de verdad sería la déchéance. Tratándose de usted...— me mostró las palmas de las manos en una mímica de resignación.

—¿Ha oído alguna vez una palabra francesa difícil de traducir: chantaje?

—Sí, pero siempre a personas poco recomendables, yo nunca la empleo. Compréndame, no quisiera ocasionarle el mejor perjuicio, y le aseguro que no aspiro a que me dé ninguna explicación. Por algún motivo que ignoro y que prefiero ignorar (saber demasiadas cosas sobrecarga la conciencia y entorpece los negocios), anda usted por el mundo suplantando al prójimo. Là c'est votre affaire. Por mí, puede seguir. Si compitiera conmigo en la venta de artículos de París, confieso que sería diferente, entonces no podría garantizarle mi neutralidad y es posible que recurriera a malas artes para quitarle de en medio. Como no es así, allá usted con sus cartuchos de monedas de oro y las lluvias de piastras que veo que le gusta prodigar. No me interesa su dinero, lo mío es vender; ayúdeme a vender más y seré una tumba. Más aún, je suis bon prince, puedo decir a quien quiera oírme que le conocí en Viena, cuando yo iba por su palacio de la Salesianergasse, y que es usted quien pretende ser. ¿Le parece poco?

—Le seré franco: no sé lo que me parece.

—¿Puedo pasar por su hotel, digamos a media tarde?

—Digamos. No se hable más.
—¿Cómo dice?
—Digo que trato hecho.

Tal vez esperaba indignación, protestas de virtud ofendida, una catarata de argumentos capciosos y medias verdades que le hubieran dado pie para lucir su verborrea, y ahora no sabía cómo reaccionar. Supuse malévolamente que lo de No se hable más le había herido en lo más hondo, dejarle sin palabras era quitarle el aire para respirar.

A pesar de mi situación no muy airosa y de que aquello me complicaba innecesariamente la vida añadiendo a mi paso por el país nuevos rastros que quizás a la larga se volvieran contra mí, aquel chantaje mercantil me resultaba divertido. Una vez en Narambi, o, mejor aún, camino de la India, recordaría la anécdota como una broma digna de contarse.

—¿Se ríe?
—¿Por qué no? De usted, de mí, del mundo, de la Leche Antefélica y de lo que pensarán de nosotros, con su larga experiencia, todos estos dioses derrumbados.

—No es usted un caballero —dijo mirándome con admiración—, pero tiene toda la envoltura, lo cual ya es mucho, vous avez du panache.

—Es favor que me hace— correspondí con una inclinación.

Salimos del templo, que dominaba la sombra de un alto minarete, y advertí que por vez primera prestaba atención a todo aquello, como si hasta entonces sólo pensase en la propuesta que tenía que hacerme. Se acercó no sin escama a los muros y a sus arcanos jeroglíficos, que podían querer decir cualquier cosa, y acarició las despedazadas estatuas convertidas en tropiezos como preguntándose qué debía opinar de tanta devastación.

—Me recuerda un decorado de Aída, pero en lastimoso—dijo en voz muy baja, para no pecar de irreverente.

Le señalé un nombre francés grabado a punta de bayoneta en la mejilla de uno de los dioses caídos que contemplaban el cielo desde la eternidad con una impavidez que no era de este mundo. A su lado había una fecha, 1799, y un anagrama imperial de mucho efecto. La inscripción no pareció hacer vibrar en él ninguna fibra patriótica.

—Éste no vendía artículos de París— observé.

—Hay franceses para todo —repuso—. L'héroïsme c'est pas mon rayon.

Cruzamos el río en un bote y una vez en la otra orilla nos despedimos sin olvidar ninguna de las exigencias de la buena crianza. Se permitió recordarme su Tintura Mágica para las sienes, me obsequiaría con un frasquito para que comprobara la eficacia de los productos de los que yo iba a salir fiador, dijo, con una bondad que se atrevía a llamar inagotable.

—No se atreva a tanto— le previne.

Hizo ampulosos gestos de incomprendido, reprochándome que yo no aceptara las reglas de un juego que en fin de cuentas no era más que eso, un juego, y gruñó entre dientes una protesta embarullada. Pero al separarnos su expresión era más que amistosa, beatífica, y esbozó un ademán en el aire como si me bendijera.

En el hotel después de comer pedí los últimos periódicos que hubieran llegado y desplegué ostentosamente las grandes páginas de la Neue Freie Presse con una convicción de verdadero aristócrata vienés. ¿Lo harían así? Leyendo todo aquello casi llegué a imaginarme que yo mismo era de verdad, que si había algún fraude yo estaba por encima de toda sospecha.

Las noticias eran atrasadas y de poco interés. El Baile de los Industriales al que había tenido a bien asistir Su Majestad, una actriz del Teatro de la Corte cuyo encanto y simpatía (de la belleza ni una mención) se ponderaban, Katharina Schratt. Y un arpista callejero que después de interpretar cien veces consecutivas en plena Ringstrasse Das Lied vom Augustin, en un acceso de desesperación se había ahorcado con una cuerda del arpa.

Había vivido en tantos lugares, había sido tantas cosas, que todo me resultaba familiar. ¿Por qué no barón austríaco? ¿Qué se oponía a ello? ¿No era una posibilidad perfectamente plausible, un papel bien estudiado? ¿Qué importancia tenía el que alguien hubiese conocido en Viena, tiempo atrás, a cierto barón cuyo nombre usaba yo ahora?

El Almanaque de Gotha era un repertorio al alcance de cualquiera, ¿estaba prohibido soñar, tan inviolable era la realidad que uno no podía permitirse ni la modesta fantasía de suplantar a un barón del Imperio Austro-Húngaro? Petitfils podía pensar lo que se le antojara, allí estaba yo, sereno e impertérrito, como una prueba evidente de mi razón de ser.

¿Y si lo de Narambi no era posible, si fallaba el tintorero y tenía que quedarme allí dándomelas de barón austríaco hasta el cansancio, o, peor aún, hasta que se pusieran de acuerdo unos y otros para reclamar mi presencia, debidamente esposado, ante un tribunal? Empezaba a no estar seguro de nada quizá por culpa de una digestión incómoda, Viena quedaba lejos y aquel periódico sólo traía noticias muertas o insignificantes.

Volví a mi habitación flotando en un estado de interinidad irrisoria, como mi misma manera de huir por caminos que conducían a la nada. ¿Cómo no había sido capaz de tener una idea más brillante? ¿Me estaba haciendo viejo? En el espejo vi unas facciones desgastadas que me intranquilizaron, pero pensé que la realidad no era para tomarla en serio, ni a uno mismo tampoco.

Lo del río, meterse en aquel callejón sin salida donde a nadie se le iba a ocurrir buscar a un fugitivo, me pareció una idea genial, aunque arriesgada, pero esto fue quince días atrás, y ahora temía que fuese un signo malo, la voluntad oculta de no ir a ninguna parte. Nunca como entonces había sentido el peso de la libertad como una carga.

La digestión me agobiaba, consulté el reloj, media tarde ¿qué hora debía de ser para Petitfils? Aquel miserable que veía el mundo como un inmenso mercado donde colocar sus artículos. ¡Embelleceos!, llamada irresistible que tenía que resonar en todos los corazones de mujer, grisetas o sultanas, hasta el último confín del planeta.

El señor barón de Wolkenstein-Trotsburg recomienda encarecidamente el uso de estos cosméticos que obran maravillas en Viena, aquí, en todo el globo. Las damas que han confiado en nuestros productos nunca se han visto defraudadas, y los encantos que les prodigó la Naturaleza han tenido así un realce que va más allá de cualquier ponderación posible.

Demasiada chabacanería, incluso para el estilo publicitario. Llamaron a la puerta, era un símil de explorador tropical con la cara invadida por una selva pilosa que se le derramaba en forma de barba de chivo; el salacot le oscurecía los ojos con un antifaz de sombra, y en medio de su desbordante pilosidad se entreabrió la boca como una cueva ante la que montaban guardia dientes blanquísimos.

Aquel enemigo de los barberos al verme se extrañó, miró por encima de mi hombro para comprobar que no había nadie más en el cuarto y luego negó repetidamente con la cabeza, supuse que para quitarse a sí mismo toda ilusión respecto a que yo fuera la persona que buscaba. Farfulló una disculpa y le vi perderse en la penumbra del pasillo.

Estaba visto que a Petitfils no le preocupaba la puntualidad, o andaría engatusando a las bellezas de algún harén por aquellos andurriales. Saqué el tarjetero y escribí unas líneas nerviosas con una rúbrica de muchos bucles. Daba lo mismo, al fin y al cabo sólo era un barón provisional. Fue entonces cuando en la calle oí sonar la charanga.

Ante las acacias desfilaba un menguado pelotón de soldados con tambores y trompetas, exageradamente marciales en su pavoneo ridículo cuyo fin debía de ser impresionarnos o quizá tranquilizarnos, quién sabe. Sin duda las cosas iban mal en el sur, habría miedo en la ciudad, aunque el enemigo estaba a muchas millas de distancia, y se exhibían así para dar ánimos a la población.

Los uniformes inmaculados contrastaban con las pieles morenas, relucientes, color de dátil maduro, y los borlones del fez rojo sangre danzaban a cada paso; una mochila a la espalda, la manta cruzada sobre el pecho, el fusil al hombro, una tropa de aire demasiado aguerrido para ser de veras eficaz. Una cabra pelona cerraba la marcha con andares torpes.

Lo del sur provocaba toda clase de rumores excesivos, sobre todo aquella famosa expedición de socorro a paso de tortuga, algo tan bien organizado que era imposible que llegase a tiempo y sirviese de mucho. Mientras, hacían desfilar a los pobres soldados para quitarnos el miedo.

Y a continuación, aprovechando la concurrencia que había atraído, pasó un pregonero que anunciaba en un pastoso inglés cierto espectáculo que se iba a dar en los Queen Gardens, las PARISIAN VARIETIES, con el portento de LA DANZA ELÉCTRICA, aplaudida en todas las cortes de Europa, la gran creación de Rosita Mauri, y otros números de atracciones nunca vistos. Precios populares, moralidad garantizada.

Luego pasó una hilera de colegialas bajo la custodia de dos monjas, un vagabundo loco santiguándose desaforadamente en medio de las burlas de los chiquillos, campesinas con cuévanos de cebollas y habas, o con pirámides de tortas de color negruzco. Escenas fieles al pintoresquismo del país, lo que un viajero podía contar de vuelta a su patria.

También pasó un europeo en velocípedo alardeando de sportman, encaramado en la enorme rueda, con otra pequeñita detrás, manteniéndose gallardamente en equilibrio inestable y soltando la guía de vez en cuando para descubrirse como un cumplido caballero ante las damas. Velocípedo, gorra de visera, blusa y bigotes engomados, aquellas gentes no habían visto nunca nada tan moderno y progresista.

Renació la calma y se fue apelmazando el silencio,

hasta que sentí que formaba parte de la tarde dormida, entre sus pálidas luces inseguras en aquella caída vertiginosa hacia la oscuridad. Entonces en el cuarto de al lado hubo un estropicio de cristales que me asordó, una cascada de música estridente que astilló la quietud.

En algún lugar de la memoria algo seguía rompiéndose igual que el corazón de un niño, y volví a serlo, triste y ensimismado, sin conocer la razón de mi tristeza, en una casa para la que el tiempo no había existido nunca, desafiando a la edad y a sus disfraces; todo era otra vez como en los sombríos atardeceres de ventanas rotas que sólo recordaba yo y que no quería recordar.

Volvió a oírse ruido de cristales, ¿o era en el recuerdo, en la confusión de la memoria que iba a durar eternamente? Fui hacia el espejo, que era como un mar de nubes con guirnaldas plateadas, y al apoyarme en la pared se abrió una grieta bajo la percalina, que tenía brillos de humedad, y el dedo, manchándose de una pasta fangosa, se hundió en el desgarrado tabique.

Fue como empujar con suavidad buscando la abertura de un secreto que en el fondo siempre había conocido. Por la rendija vi unos pantalones a cuadros que se desplazaban agitadamente y se oyó crepitar de cristales bajo las botas del personaje, cuyo volumen no permitía ver nada más; alguien desmesurado y pulposo, excesivo como una pesadilla, a punto de hacer estallar la prisión de su ropa, se afanaba en quehaceres inciertos.

Pensé que cometía una indiscreción y me vi de nuevo, antes de ser un Wolkenstein-Trotsburg, con la noble estampa de Don Teodoro, el caballero español que compraba armas para los carlistas de San Juan de Luz. Pero Don Teodoro había decepcionado a tanta gente con sus imposturas que ya no estaba en condiciones de reprocharme nada.

El adiposo dueño del traje a cuadros arrinconaba los cristales a puntapiés, balanceando una pierna fenomenal como una pata de elefante y transmitiendo así temblores de terremoto a las nalgas dilatadísimas; la cintura, como un tonel, debía de impedirle agacharse, pero ¿quién le ataba los cordones de las botas?

Mientras, el murmullo de una conversación llegaba a mis oídos; luego vi, para mi sorpresa, un curioso perfil imberbe, con un cigarrillo humeante en los labios, que me dejó dubitativo, extrañado, y ensanché mi sonrisa porque aquello era imprevisible, si hay algo que de un modo u otro no pueda preverse en este mundo.

Ahora le veía de frente, la boca como una cereza incrustada en medio de la cara enorme, con carrillos de trompetero, estremeciendo los mofletes cada vez que articulaba palabras a media voz. No cabía la menor duda, ya sabía a qué atenerme, pero la situación no dejaba de ser insólita, incluso para mí.

—Telegrafíeles en seguida, es la única manera de aplacarles.

Esto lo dijo el explorador que antes había llamado a mi puerta, y la cabeza que remataba aquella hipertrofiada humanidad asintió en silencio, quizá despreocupadamente, sacudiendo el humo que la envolvía; le vi dar unos pasos más ágiles de lo que hubiese supuesto en aquel corpachón, hacia la ventana.

—No da igual —siguió diciendo el explorador desde el fondo de su pelambrera, en respuesta al bufido del otro—, a ellos no les gustará saber que se dedica a romper cristales cuando le dan una mala noticia. Compórtese como es debido.

El gordo contestó con una grosera y rotunda exclamación que yo no había vuelto a oír desde mi niñez, y pensé que con los años uno perdía posibilidades expresivas, y quizá no solamente expresivas. El explorador se encogió de hombros y giró sobre sus talones, pero antes de irse disparó una última advertencia:

—Y no olvide el telégrafo. Hoy desahogarán su rabia, pero ya es tarde para evitarlo.

Al quedar a solas, mi vecino resopló como si se vaciase de una substancia inútil y nociva que le llenara el cuerpo, y como un fardo bamboleante se dirigió a la trasalcoba, donde era invisible para mí. Luego cruzó de nuevo ante mis ojos para calzar la puerta con una cuña, asegurándose lo que debía de creer completa intimidad.

Hubo idas y venidas, y sobre la cama fueron amontonándose en desorden objetos que daban una idea fabulosa y algo depravada de sus gustos; por ejemplo, las babuchas color rosa de té. ¿Y quién iba a atreverse a usar aquéllos horribles chalecos rameados cuya sola visión, a prudente distancia, desde mi observatorio, me ocasionó náuseas?

Infiernillo y caja de cerillas luminosa, ensanchador de guantes, vaso de noche disfrazado de sombrerera con bordes color burdeos, ungüento Seymour para ahuyentar mosquitos, frascos de tabletas estimulantes de cacao, linimento Sloan, costurero en miniatura, pistolita como de juguete, aunque sin duda mortal, y una polea con su cuerda destinada a permitir escapar por la ventana en caso de incendio.

También sacó una caja de madera de mayor tamaño,

la abrió sobre una silla y se arrodilló ante ella, de espaldas a mí, como para entregarse a un culto de adoración desconocido. Vi que armaba un atril desplegable sobre el que apoyó un grueso cuaderno, casi un libro, de tapas oscuras y recias, y se puso a escribir.

Mi curiosidad indiscreta había cambiado de signo, ya no era saber lo que pasaba en el otro cuarto, sino porqué, y hacía cábalas que terminaron por conducirme a límites insospechados de la imaginación. Por fin se levantó, quizá con calambres por aquella incómoda postura. Volvía a darme la cara: tenía los ojos duros y metálicos.

Empezó a deambular de un lado a otro y perdí de vista los pantalones a cuadros, hasta que oí un susurro desconcertante. Hablaba quedamente en un inconfundible tono de confidencia sentimental, y no estaba solo, reconocí una segunda voz muy tierna y alterada, hasta que se hizo un silencio que rasgó un suspiro.

Las voces descendieron al arrullo, oyóse el chasquido de un beso febril, y juzgué que las cosas habían llegado a un extremo más allá del cual Don Teodoro, a pesar de su indignidad, no iba a encontrar excusas para mí. Cuando uno ha sido un caballero español siempre conserva un poco de hidalguía, o sea que rellené el boquete de la pared con un pañuelo.

Necesitaba beber algo, levanté el tubo de comunicación, soplé en él y se oyó un mugido cavernoso que salía de las profundidades, como un monstruo doméstico que el Richmond tuviese encadenado en sus cocinas, siempre a disposición de su distinguida clientela. Una voz lúgubre y servicial dijo algo oscuro y pedí un whisky.

A pesar de la ayuda del whisky me resultó difícil descubrir un sentido en todo aquello; un poco de misterio era imprescindible, yo mismo formaba parte de él, existía gracias a él, sin misterio yo no era nada, ni siquiera barón, pero una dosis demasiado grande podía ser fatal.

Respecto a mi vecino sobraban indicios, aunque no sabía de qué. Su mirada metálica reveladora, el cuerpo blanduzco, piriforme, todo convexidades, como un jergón relleno de cortaduras de papel... ¿Sería capaz de usar los chalecos floreados? Aquel era un rasgo que denunciaba cierta perversidad latente.

Su conversación, diré mejor sus dos conversaciones, casi sin que oyese su voz, con el barbudo y luego con la persona escondida, hay que ver, eran toda una historia, lo malo es que no sabía cuál, y quizá fuese peligroso imaginármela. También habían hablado del telégrafo, cosa maldita.

El abominable vecino de los pantalones a cuadros tenía algo que ocultar, como yo, eso saltaba a la vista, su extravagancia estaba destinada a que no se fijasen en él, sino sólo en su rara particularidad. Lo demás lo había hecho la naturaleza en una improvisación caprichosa, pero en aquel caso ¿cómo distinguir lo natural de lo carnavalesco?

Llamaron a la puerta, el indígena tuerto venía a decirme de parte del tintorero que era forzoso esperar para lo de Narambi, que no me inquietara y que pronto tendría noticias suyas. Le di una inmensa propina con gesto de príncipe que está más allá de cualquier infortunio, y se fue a paso de lobo.

Antes de apurar el whisky del vaso lo levanté en un brindis patriótico: Gott erhalte unsern Kaiser! Detalle de mucho efecto que me envalentonó, lástima que nadie me viera. O quizá, como los tabiques de aquel hotel eran lo que ya sabía, me estaban espiando los vecinos del cuarto de al lado.

Volvieron a llamar: traían una cartita perfumada de una señora de complicado nombre que invitaba al barón a una soirée. Llamémosle entreacto o respiro, luego la comedia podía seguir su curso. Maté las luces envolviéndome en una telilla de sombra que me defendía de todo, y vi flotando rabillos móviles, inasibles insectos nocturnos como simulacros de las tinieblas.

Hubo un baile de motas blanquecinas, una nevada minúscula dentro de mi oscuridad, y de pronto en los cristales se encendieron reflejos de una llamarada y un estallido hizo temblar el hotel. Oí gritos de susto y batir de puertas, hasta que alguien fue tranquilizando a los huéspedes de cuarto en cuarto: un accidente casual, sin importancia, decían, junto al río. No había nada que temer.

¿Cómo sabían tantas cosas en tan pocos minutos? Los que tenían que desahogar su rabia acababan de hacerlo, el explorador lo había anunciado con toda claridad y fatalismo. Volví a pensar en el obeso vecino de los ojos metálicos. O, para hablar con una precisión que en un caso como el suyo se hacía indispensable, vecina. Porque era una mujer.

III

—¿Es cierto, como me han dicho, que el señor Strauss no sabe bailar?

Muy posible, por qué no. Mrs. Cattermole, con una expresión de lunática asustadiza, clavaba en mí sus ojuelos escrutadores para succionarme hipnóticamente toda noticia grande o pequeña, trascendental o común que yo pudiera contener. Uno se sentía amenazado por su curiosidad hasta los últimos secretos del alma, ¿y qué iba a ser de mí sin secretos?

Al besarle la mano me había arañado con su sortija, y ahora, componiendo los músculos de la cara para ofrecerle una máscara de solicitud y de ingenio mundano, contemplaba a hurtadillas la estría roja que partía de los nudillos para morir en la muñeca, tributo de sangre exigido por su alacrán de oro oculto entre los dedos.

Era la tercera pregunta sobre las divinas melodías del señor Strauss, aunque también me había interrogado ansiosamente sobre las intenciones políticas del Imperio. ¿Creía yo que el asunto de los misioneros austríacos podía llegar a constituir un casus belli? ¿Qué había de verdad en los rumores que circulaban acerca de los eslavos de los Balcanes? ¿Debíamos suponer que todo iba a peor?

En su rincón, un notable más o menos indígena vestido a la turca, con un turbante en forma de chichonera, lucía la maravilla de sus ojos azules y una lánguida sonrisa acartonada; tras él, un criado atendía hasta el menor de sus gestos, como si fuese incapaz de hacer algo por sí mismo: el pañuelo para el sudor, un pomo de perfume, cigarrillos, el mondadientes de plata para hurgarse la boca con descaro.

El tieso marido de la preguntona, con hilillos amoratados y sinuosos que se desparramaban por la sien hasta perderse en la masa rubicunda de la mejilla, se asomaba a un vaso de limonada como un suicida al brocal de un pozo. De vez en cuando dirigía miradas de sediento al ambigú, pero antes de que pudiese despegar los labios, la desaprobación de su esposa, ¿Decías, Ambrose?, paralizaba sus impulsos.

Junto a nosotros, una damita con aire de gacela parecía a punto de caer fulminada por la congoja, pero bruscamente cambió de parecer y se bebió un ponche. Mientras, los espejos duplicaban toda la escena con ferocidad, sin perdonar ni uno solo de nuestros mohines, ni una ridiculez; no había escapatoria, era forzoso verse tal cual éramos.

A modo de disimulo se adoptaban apariencias indiferentes y sublimes, compasivas o bobaliconas, acariciando chales y dejando admirar oleadas de pliegues que descendían frunciéndose en lechugas desde el cinturón hasta romper en el bajo de la falda como un mar deshecho en expirantes rizos, según las normas que había dictado Monsieur Worth.

Aquel sabio con cara de foca encanecida subrayaba el coloquio expectorando en alemán frases breves y rotundas que parecía mascar bajo el bigote. Antes había declarado estrepitosamente su nombre y apellido, que sonaron como una sucesión de enérgicos carraspeos: profesor Ernst Dietrich Hamm, una eminencia, no recuerdo en qué, según murmuraron sotto voce.

El profesor ponía en guardia respecto a los peligros que acechaban al bañista en el río, aquel gusano de Guinea, para hablar como el vulgo, que devora la carne por dentro una vez se ha adherido a algún órgano. Mrs. Cattermole, impaciente por satisfacer a costa de un barón su curiosidad sin límites, agitaba la pedrería de sus dedos cerca de mis ojos como un ultimátum.

Más allá, un hombre delgado como un listón, de rostro macilento color nuez y muñecas blancas, con el brazo izquierdo rígido, conversaba con un joven de bigotes engomados en quien reconocí al sportman del velocípedo. Ráfagas de su diálogo mezclaban extrañamente las actividades del Cyclists' Touring Club y la campaña del Afganistán.

Había que fundar allí la primera delegación en el continente de la Liga de Velocipedistas Británicos; porque el velocípedo era el futuro, un recreo noble y varonil al que más de trescientos mil ingleses se entregaban regularmente, sin contar los que lo hacían de manera esporádica, que al decir del vizconde Bury, Lord William, eran cada vez más numerosos y apasionados.

La otra cuestión que se eslabonaba con lo del velocípedo aludía a cierta brigada de las tropas del Berkshire, casi aniquilada por los afganos en un lugar de desdichado recuerdo que se conocía por Maiwand. Cerca de mil muertos, un desastre, de los cuales trescientos europeos, a menudo rematados por los asesinos ghazis, que jamás perdonaban al infiel.

El turco de la chichonera distribuía sonrisas a su alrededor como hastiado de toda supuesta novedad, de aquella pantomima de europeos seguros de sí mismos, repitiendo necedades; para él éramos transparentes, no nos veía, e iba diciendo a cada uno Wonderful!, a veces no muy a propósito, en los tonos más variados y corteses.

—¿Y nosotras? —preguntó una voz aguda—. Porque si es solamente varonil, como usted dice, el velocípedo no va con nuestro sexo.

La sorda marejada que nos llenaba los oídos cesó de pronto, y se hizo un silencio que había que entender como el escándalo que no se atreve a manifestarse. Comprendí que sólo podía ser ella y no me equivoqué, allí estaba mi vecina de habitación, ocupando triunfalmente tanto espacio que todos nos sentimos sin libertad de movimientos.

Como una gigantesca gelatina zarandeada, en su correctísimo traje negro de hombre, con uno de aquellos repulsivos chalecos y el cigarrillo en la boca, envuelta en humo que le cegaba los ojos, tenía una mirada irónica y alevosa, como si se muriese de ganas de traicionar a alguien y no encontrara una víctima a su gusto.

La presentaron entre nerviosos tartamudeos como la literata Miss Rebecca Bloomfield, bien conocida por su novela La casa de los amores mortales, House of deadly loves, que había horrorizado, y no sin motivo, a media Inglaterra. Hubo ataques de tos, vi desplegarse pañuelos y los más gazmoños se excusaron compungidamente mientras se daban a la fuga.

—No hay nada que temer, el talento no se contagia— dijo con una sonrisa desafiante.

El del velocípedo, afilándose el mostacho, aclaró que para las señoras y señoritas, sin distinción de edad, existía el triciclo, que, para hablar con franqueza, entrañaba riesgos físicos y morales, pero que está demostrado que templa el ánimo y robustece la salud, aunque exige una precaución elemental, sobre todo en los climas cálidos, el uso de prendas de lana.

Un anciano caballero hilvanó frases encomiásticas sobre las mujeres que eligen escribir, lo del arte, la creación, la pintura del mundo, mientras ella le escuchaba con visible incredulidad, como quien oye llover. Ustedes honran a su sexo, eso es, dijo el carcamal, abandonándose al más esperado de los elogios, y la cosa no pasó de ahí.

Miss Rebecca abocinó sus labios ridículamente diminutos en su desproporcionada fisonomía como si me dedicara un beso, pero tal vez fue una ilusión óptica, y se perdió entre los corrillos que habían vuelto a recobrar la voz, mientras a su espalda se susurraba que su literatura era un bluff y que todas sus novelas estaban plagiadas del francés.

Noté un recrudecimiento de conversaciones femeninas sobre modas y telas, un afán de complicidad intercambiando mensajes secretos en un código exclusivo de mujeres que no se avergüenzan de serlo: gasas, cachemires, tarlatanas, terciopelos, glasés, brocados, étamines, organdís, irlandas, granadinas, flanelettes y toiles de Jouy, todo el repertorio, nombres como banderas empavesando el lugar.

Al formarse nuevos grupos ante mí se abrió un callejón en zigzag entre los invitados, al término del cual, la anfitriona, cuyo apellido no pude recordar, me hacía animosas señas con el propósito evidente de presentarme a alguien por quien parecía sentir predilección. Acudí a su llamada estrujándome los sesos.

La de la sortija era Cattermole y la dueña de la casa algo parecido, pero mi memoria no daba para más. ¿Me había turbado la visión de la literata? Por unas horas me creí poseedor de un intrigante secreto, y ahora comprobaba que era del dominio público y que aquel adefesio sin duda peligroso se exhibía en sociedad.

¿O es que no podía esperarse más de un secreto, reducible en el fondo a una impresión de arcano y amenaza que podía halagarnos en lo más íntimo, pero que no resistía el choque con la realidad? Todos nuestros esfuerzos para preservarlo en su pureza misteriosa acababan en la desencantada sorpresa de que los demás sabían más del asunto que nosotros.

Una señora de edad indefinible atravesó el salón como un bólido, dando codazos y atropellándome, le buffet, c'est par là?, hacia las sabrosas profundidades del ambigú, y unos caballeros dedicados a atormentar sus leontinas parecían inquietos por los cincuenta mil demonios que pululaban en pie de guerra por la región meridional.

—¡Qué audacia lo de ayer! ¡Hacer estallar un polvorín en nuestras barbas!

—Esto es peccata minuta. La pregunta más grave es de orden político, como siempre: ¿Qué actitud va a adoptar ante la crisis el rey Juan de Abisinia?

—¡Bah! ¿Sabe lo que es el sur?

—Yo se lo diré: un millón de millas cuadradas de desierto.

—Permítame un matiz: desierto y pantanos.

—Muy justo.

Mrs. Chappelow, cuyo nombre acababa de recordar, con inflexiones de suave melodía me presentaba a sus amigos los Jebb, el buen Mortimer y la encantadora Davidia, cultivadores del bel canto, aseguró, como más tarde nos demostrarán para deleite de todos. El barón de

Wolkenstein-Trotsburg, yo, por así decirlo, sonreía irradiando generosamente destellos de su aristocrática aureola.

El buen Mortimer dirigía una refinería de azúcar, pero sólo se interesaba por Julián Gayarre, y eso nos dio materia de conversación durante largos minutos. Su esposa, con una voz de soprano al parecer subestimada por la mayoría, entonó quedamente para mí Ah, quell'amor ch'è palpito dell'universo intero y A me, fanciulla, un candido e trepido desire.

Estaba claro que tenía la pretensión de que todos callasen para oírla cantar, pero nadie se dejó convencer por una estratagema tan burda. A mi alrededor, hombres poco melómanos se apasionaban por Baker Pachá, cuyo hermano merecía todos los respetos, pero en cuanto a él, ¡por Júpiter, qué antecedentes! ¡Expulsado del Ejército por ultrajes al pudor en un tren!

Yo, mientras fingía hipócritamente estar al borde del éxtasis, contemplaba junto a un ventanal al individuo de la nariz ganchuda que había viajado en nuestro vapor; seguía absorto en sus reflexiones, mirándolo todo y palpándose los labios, como si echara de menos su pipa a la que las conveniencias sociales le obligaban a renunciar.

Apenas terminaron los vertiginosos gorgoritos de Mrs. Jebb, fui a abordar al misántropo, que tenía un aire encalmado y meditabundo, entre el escepticismo y la curiosidad; cuando le dije que le recordaba del vapor se sobresaltó e hizo varios intentos por sonreír, todos infructuosos.

—Le veo muy solitario, ¿no se divierte?

—Sólo por dentro— contestó con una voz grave que parecía ajena.

Me di a conocer y advertí que su única reacción ante mi título era un imperceptible movimiento de cabeza para indicar que no tenía inconveniente en aceptarlo. Respiró hondo, y después de haber tomado carrerilla mental dijo que su nombre era Scott-Grey, con un guión en medio, aclaró, Basil Scott-Grey.

Como no añadía nada acerca de las razones que justificasen su presencia en aquel lugar un tanto insólito, me apresuré a ponderar los atractivos de un viaje de placer como el que yo estaba haciendo, mencionando Viena, Venecia, Roma, Nápoles; y dije como al desgaire si no era indiscreto preguntar qué le había traído por allí.

Cuando su mutismo empezaba a tener que atribuirse ya a grosería o a sordera, gruñó entre dientes: comisario de antigüedades. Le comuniqué que me alojaba en el Richmond, haciendo un poco de literatura jocosa acerca de su confort, pero cuando dejé caer la pregunta: ¿Y usted?, se repitió el embarazoso silencio.

Yo también, acabó por conceder lacónicamente. Y con una brusca cabezada se separó de mí para reunirse con Mrs. Chappelow, con quien parecía mostrarse más locuaz en un coloquio reservado en el que hasta vi que se permitía una débil sonrisa. El suyo era un comportamiento muy extraño, aquel hombre ocultaba una multitud de secretos. ¿Y quién no?

Mrs. Chappelow me había hablado de un marido ausente, sí, existía un Míster Chappelow que, por lo que deduje, dedicaba todos sus afanes a ciertas plantaciones de arroz, algodón y caña de azúcar. Seguro que el enigmático Scott-Grey era el amante de la anfitriona, su mutismo y su aspereza debían de ser el precio de amores culpables y tempestuosos.

—¡A fe mía!, upon my davy!, es un soldado loco, un hombre admirable— oí decir.

—Quizá, pero un jefe que antes de tomar una decisión se inspira leyendo a Isaías no puede tener el mando cuando dependen de él tantas cosas.

—¡Isaías, hay que ver!

Pensándolo bien, Mrs. Chappelow no tenía una apariencia tumultuosa, nadie la hubiera imaginado como Madame Bovary. ¿O era el refinamiento del disimulo? ¿Acaso no eran más sospechosos los exteriores más inofensivos? Aquellos trinos de placer social, hablando de la felicidad que la embargaba al reunirnos allí... ¿Había que darle crédito, no era aquél un alarmante exceso de inocencia?

En fin, lo del adulterio me pareció una hipótesis sugestiva, y a fuerza de fijarme en ellos secreteando en un diván, con la cara vuelta hacia los demás mientras hablaban entre sí, el modo más socorrido de disimular, me reafirmé en la idea. Lástima que a aquella distancia mi vista no me permitiese observar pormenores.

—Ahora cuéntemelo todo, querida. Estamos tan lejos de Londres que nadie nos va a oír.

Mrs. Cattermole seguía queriendo saber más, pero la ilustre novelista, con los ojos entornados para protegerlos del humo de su cigarrillo, se negaba a derrochar los tesoros de su vida íntima ante un auditorio de mala muerte. O reservaba para sus novelas la explotación de los aspectos más inconfesables de sí misma.

Si es que había en ella algo inconfesable, cosa que yo empezaba a dudar. Su escándalo era tan ostentoso, su fealdad tan exhibida como en una vitrina, su actuación tan circense, que me pareció haber agotado en apariencias sus posibilidades de misterio. ¿Qué incógnitas podían quedar detrás de aquella máscara tan visible?

Hizo un elaborado gesto de modestia, como si alegase que la vida, la suya y la de todos, la superficie de uno mismo, tenía muy poco interés; sólo la literatura, afirmó, nos hace ser lo que somos, revestirnos de nuestra verdad, tel qu'en moi-même enfin la vanité me change, musitó cambiando de idioma para ser más explícita.

—Aquí somos inquilinos, no propietarios —oí comentar—, que no se nos carguen los desperfectos en la factura. No sé si me entienden. Lo de Irlanda y los fenianos ya es otro asunto.

—Irlanda es tan inglesa como Stratford-on-Avon.

Ocho mil soldados y quince oficiales europeos, y eso después de lo de Hicks, una campaña de locos, la arrogante demencia de un inglés que se sitúa por encima de lo posible y de lo conveniente, y que al parecer ha conmovido a Su Majestad. Aunque Gladstone... No, Gladstone jamás tendrá nada de loco, esto puede ser algo a su favor o el fin de su carrera, nunca se sabe.

Tenemos a uno que se cree el Mesías, suposición que el War Office, aunque sin querer prejuzgar cuestiones teológicas, que no son de su competencia, da por infundada, otro se figura que ha de ser mártir, y si Wolseley no lo remedia, acabará martirizado; y Gladstone que se inhibe en el Parlamento, como si no tuviera nada que ver con lo que pasa más allá de Dover.

Pero de todos el más curioso era el héroe incomprendido, ¡qué vida la suya! Mrs. Cattermole contaba que en Southampton, tiempo atrás, conoció muy bien a Augusta, y que su hermano en aquel entonces era un estudiante rebelde, quién lo diría, de ideas radicales, que no guardaba el domingo y que era admirador de Garibaldi. Una familia de buena casta militar, aunque aquellas rarezas...

Hubo un runrún de enmadejadas frases, oscuras para quien sólo oyese fragmentos de lo que estaban contando. ¿A qué venía tanta pasión y tanto chisme? ¿Aquel general que se empeñaba en ser héroe y que decididamente no estaba dispuesto a conformarse con la vulgaridad?

—Dice que prefiere vivir como un derviche a cenar fuera de casa todas las noches en Londres.

Empecé a deslizarme hacia el ambigú, bien defendido por una sólida barrera de escotadas espaldas, y entonces oí a Mrs. Cattermole decir a la novelista aquello tan raro, pero que tal vez era el colofón de un razonamiento o el preámbulo de una nueva andanada de preguntas, porque Rebecca Bloomfield encajó el aforismo sin la menor extrañeza.

—Los melones curan la melancolía.

Mi mirada se cruzó con la de Scott-Grey, y pude darme cuenta de que perdía su impasibilidad y que una crispación, como un relámpago, alteraba sus facciones. Achicó los ojos para ver mejor a la dama que seguía con sus discursos, luego miró al marido, melancólicamente acompañado de su limonada, y observé que bajaba los párpados para refugiarse en su secreto.

Todos estábamos nerviosos por los sucesos del sur, que eran una amenaza todavía remota, pero que iban intoxicando de miedo y de inquietudes inconcretas lo que yo cándidamente supuse un paraíso. Quizá los que necesitaban ocultarse habían hecho lo mismo que yo, buscar amparo allí como quien desciende a un abismo, creyendo que hay abismos salvadores.

La dramática damita sorbía un segundo ponche enumerando despaciosamente sus dolencias al individuo del turbante, que la contemplaba como un espectador desengañado del mundo, como si no esperase nada de nosotros y tal vez tampoco de sí mismo; dolencias de todo género, aunque insustituibles, que resistían a las medicaciones bien intencionadas y en el fondo ilusorias.

Estaban sobre todo aquellos males inexplicables, sin duda los que tenían mayor interés, como cierto sofocos de madrugada, cuando la zozobra se va hermanando al insomnio y las primeras luces sugieren una sensación final, de solitaria y absurda agonía, y creemos que la vida va a extinguirse porque sí en el desamparo mientras todos duermen.

El turco o lo que fuera no la dejó terminar, se puso en pie, cruzó flojamente las manos sobre la cintura y nos obsequió con unas palabras tal vez árabes que sonaron como una refinadísima despedida. Nos tradujo: Si no apuramos el goce de la fiesta, durará mucho más en el recuerdo.

Y se abrió paso con andares majestuosos y lentas inclinaciones de cabeza sin mirar a nadie, negándose a ver a los dueños del mundo que éramos nosotros, bárbaros intransigentes y obtusos incapaces de saborear la inmovilidad de las cosas, cuyas antiguas delicias se pintaban aún con nostalgia y dolor en sus ojos insondables.

Ocurrió entonces. Se oyó la estridencia de un grito y a continuación otro sofocado y la caída de un cuerpo; todo el mundo miró hacia el zaguán y acudimos en tropel. Ante una de las ventanas que daban al jardín, tendida en el suelo, derramando sus copiosas carnes en un semidesmayo, Miss Rebecca tenía los ojos fijos en el tragaluz, como fascinada por un espectáculo invisible en la altura.

Nos arremolinamos en torno a ella, la llevamos a un sofá, se oyó decir aquello de ¿Dónde hay un médico? ¿Dónde está el doctor Watson?, y Mrs. Cattermole contaba excitadísima, con mucha gesticulación, que había estado hablando con Miss Rebecca hacía sólo un instante, que casi no podía creerlo y que la había visto dirigirse hacia el tocador.

Un grupo de valerosos caballeros con el sportman al frente señalaba el tragaluz, y parecían dispuestos a precipitarse hacia el piso superior por si algún intruso desde allí había asustado a la literata, que daba la sensación de interpretar una comedia con poses a lo Madame Recamier.

El doctor Watson, arrodillado ante el sofá como si estuviera declarándosele, le tomaba el pulso y exigía un cordial sin decidirse a desabrocharle el chaleco, mientras se oían comentarios mordaces: ¡Había tenido que ser precisamente ella! ¿Por qué no se alertaba a la policía, a alguna autoridad? Acudieron dos vicecónsules amedrantados por su propia insignificancia.

El de la chichonera asistía a toda la conmoción sin alterarse, como si creyese que nos lo teníamos bien merecido. Hizo una señal al criado que adivinaba en cada circunstancia sus necesidades y que le alargó respetuosamente una cajita con unos globulillos misteriosos que quizá tenían la virtud de curar las emociones excesivas.

¿Y si aquello era aviso de algo peor? No debíamos permanecer con los brazos cruzados, pero era inútil orientar las pesquisas en la dirección del tragaluz, ya que el motivo del pasmo de Miss Rebecca, que ahora gracias a la solicitud de Watson recuperaba la voz, había sido ver a dos hombres casi negros, con cartucheras y puñales, que iban a entrar por la ventana.

¡Claro que no se había confundido con unos criados! No, eran guerreros, afirmó, se les veía en la cara, hombres de feroz catadura, con turbantes, ropas holgadas llenas de remiendos de color rojo y amarillo. Derviches, tal vez una avanzada del temible ejército del sur, espías o asesinos en el jardín de Mrs. Chappelow.

La servidumbre de la casa, con fez rojo y túnica de paño azul, descalzos, sonriendo entre despavoridos y amables, se habían provisto de palos y garrotes y traían linternas para recorrer el jardín y garantizar nuestra seguridad. Las damas se replegaban en desorden hacia el salón y sus acompañantes echaban mano de reservas ocultas de heroísmo.

Un gracioso se lamentaba de que entre los derviches y los arqueólogos no iban a dejar piedra sobre piedra. ¿Qué hace el Ejército? ¿Qué hace Wolseley? ¿Van a permitir que nos pasen a cuchillo mientras discuten la estrategia? Al fondo, el ambigú volvía a llenarse lentamente, amurallado con las mismas espaldas.

—Doctor, no puede dejarme sola— suplicaba Miss Rebecca a Watson, con un odioso retintín.

El pobre médico no sabía qué pensar ni cómo soltarse; por su rostro demacrado y moreno cruzaban sentimientos de confusión y timidez, sintiéndose ridículo en aquella postura, pero la literata, ya repuesta y envuelta en humo, le sujetaba por el brazo rígido, abusando de las prerrogativas de su desmayo.

Se improvisaban patrullas de reconocimiento para cerciorarse de que no había nada peligroso en el jardín, y el profesor y el joven velocipedista, más un criado con bastón y linterna, me invitaron a unirme a ellos. Miss Rebecca se apresuró a decir que nos acompañaba, que no quería perderse la aventura y que gracias al doctor se encontraba ya divinamente.

—Puede ser peligroso, señorita— advirtió el sportman.

—Seguro que lo es más montar esas máquinas infernales que usted recomienda.

El alemán soltó un ronquido de asmático agonizante que significaba hilaridad y admiración; según él, en cada inglesa había una heroína en cierne con una dosis muy anglosajona de impertinencia, pero una vez manifestadas estas cualidades de la raza lo mejor era quedarse al lado del doctor, que cuidaría paternalmente de su restablecimiento.

—¡Demonios! ¿Sólo paternalmente?— protestó la aludida, haciendo enrojecer a Watson.

Nos advirtió que a ella le gustaba jugar, no ver cómo otros jugaban, pero que en fin, en fin, si no había más remedio estaba dispuesta a conformarse con ser una débil mujer; y su mirada burlona, como de quien conoce todos los secretos de la situación, nos siguió hasta la puerta.

La noche me pareció un hervidero de murmullos entre el ramaje; los árboles eran de color ceniza, con hojas plata y verde, y el viento agitaba hierbas secas en lo alto de la tapia con un ruido más bien lúgubre. Desde el fondo de las tinieblas se acercaba un parpadeo como haciendo señales luminosas.

El criado que luchaba con un farol humeante y rebelde guió hasta nosotros a una invitada muy tardía que no era otra que Miss Kilkenny, envuelta en su perfume de reseda. La oí balbucear excusas por su enorme retraso, al parecer su tía la tenía muy preocupada, tal vez no hubiera debido venir.

Tenía el azoramiento de alguien a quien empujan a salir a escena y que al verse ante el público comprueba con horror que tiene la mente en blanco y que es incapaz de recordar ni una palabra de su papel laboriosamente aprendido. La escritora interrumpió su conversación con Watson para ponerse en pie y ver más de cerca a la recién llegada.

Mrs. Chappelow aún tuvo ánimos para decir una vez más con aire de convicción envidiable aquello de Querida, ya casi desesperábamos de poder contar con usted, y despidió al criado, en quien entonces reconocí al tuerto que estaba en casa del tintorero y que al día siguiente había ido a mi hotel.

No podía ser una coincidencia, era espionaje o persecución y quise aclararlo; indiqué por señas a mis compañeros de patrulla que no tardaría en unirme a ellos y retuve al tuerto sujetándole por una manga mientras preguntaba a la anfitriona si hacía mucho que aquel hombre estaba a su servicio.

Antes de recibir ninguna respuesta, noté todo el peso del mundo sobre uno de mis pies, la escritora parecía tambalearse y me había dado un pisotón tan fuerte que me quedé sin habla; como se la suponía aún bajo los efectos del susto que había recibido, no tuvo que dar ninguna disculpa, al contrario, hubo que auxiliarla y se requirió de nuevo la presencia de Watson.

—Veo que se divierten mucho— dijo por fin la actriz cuando nos quedamos solos.

No se decidía a pasar del umbral (¿temía que su sombrero no fuese el más adecuado para la ocasión?) y cerraba los ojos aspirando el aire del jardín; su expresión, una vaga sonrisa que desmentía la mirada, me recordó una vez más el grabado de mi cuarto de niño, Baodicea arengando a los britanos. Pero ahora lo que me preocupaba era el tuerto, que había desaparecido en la oscuridad.

—Es una noche muy rara— admití.

—Y usted ha llevado la peor parte —dijo señalando mi pie maltrecho y la herida de la sortija de Mrs. Cattermole—. La sangre engalana a los héroes.

—¿Coriolano?

—No, es de cosecha propia, no todo va a ser Shakespeare.

—Permítame acompañarla al ambigú, quizá sirvan unos pichones rellenos de los que me han hablado...

—¡Ay! No uséis la tentación como un señuelo, es un arma mortal indigna de vos.

—¿Sigue disfrutando de buen apetito?

—No me abochorne, tengo un hambre canina. Las emociones me abren las ganas de comer.

—No se preocupe, es como Shakespeare en una compañía de aficionados, seguramente el drama es auténtico, pero difícil de creer porque lo interpretan mal.

Estaba intranquila, al parecer su tía hablaba incoherentemente de tesoros ocultos en el desierto, cofres enterrados en cuevas, bajo las ruinas de antiquísimos eremitorios, y se creía poseedora de secretos que se negaba a revelar, como si de ello dependiera su propia vida. ¿Sabía yo algo de eso, existía algún peligro?

—Hay muchos enigmas a nuestro alrededor.

—Pero apostaría a que no tienen importancia— dije desenfadadamente, sin poder quitarme de la cabeza al endiablado tuerto.

—¿Es usted uno de ellos?

Los demás regresaban ya después de una búsqueda inútil, para los intrusos saltar la tapia debía de haber sido un juego de niños. Si existieron tales intrusos, porque se murmuraba que podía haberse tratado tan sólo de visiones de Miss Bloomfield, propensa, como todos sabíamos, a convertir en palabras convincentes ensueños de su fantasía.

Pero cualquier suposición maligna se disipó al formarse corro alrededor de un pedazo de tela que habían encontrado en el jardín, una banderola como las que adornaban los faluchos y en la que había escritas con grueso pincel unas letras árabes. Hamm aseguró que ponía El vendaval de Dios. Quiere decir: Somos el vendaval de Dios, es un lema de los derviches.

O sea que no cabía duda, nos habían dejado aquel aviso, y las conversaciones volvieron a discurrir obsesivamente sobre el sur, Wolseley, aquellas hordas de una raza inquieta. we don't want to fight, but, by jingo, if we do... ¿De quién era la culpa? Alguien debía de tener la culpa. El desastre de Hicks era de esperar, y también el de Baker, el hombre del recuerdo ignominioso.

—Confundió a una respetable señorita con una posición del enemigo que había que tomar por asalto, y todo en un vagón de ferrocarril.

—Un año de cárcel y multa de quinientas libras. Su Majestad prescindió de sus servicios, claro.

Escarbando en la memoria, la falta de moral era la raíz última de todo. Mrs. Chappelow pretendía volver a temas más tranquilizadores y enseñaba cierto regalo que por lo visto le habían hecho pocos días antes, unas almohadillas de olor aromadas de clavo, una futesa, dijo, pero tan parisién... El obsequio sólo podía proceder de Petitfils, de quien no había vuelto a tener noticias.

Con la feliz morosidad de lo irresponsable, el asunto de los derviches se iba diluyendo en el olvido. Miss Rebecca, ya justificada, aún se concedía prolongadísimos síntomas, embromando al doctor con alguna esporádica queja que emitía con voz de ultratumba. Y los Jebb habían dejado de amenazarnos con un dúo, la fiesta acababa en paz.

También retiraban los manteles, habría que irse sin probar bocado, y comprendí que no era el único a quien una molesta sensación le roía el estómago. Fuese por hambre o por legítimo amor de sobrina, Miss Kilkenny quería irse lo antes posible, me ofrecí a darle escolta y sólo me pidió cinco minutos para recomponerse en el tocador.

Esperándola en el lugar del desmayo de Miss Rebecca, me asomé a la ventana y pude comprobar que no había huellas por la parte del jardín. La risa de la escritora llegó a mis oídos como un reto mortificante. En el coche preferí no hablar de aquella nueva incógnita, la actriz parecía grave y ceñuda.

No volví a verla sonreír hasta que entramos en el salón donde Mrs. Leforest jugaba al backgammon con Dinah, aunque no de un modo muy cordial, porque discutían apasionadamente por aquello de Pieza tocada, pieza jugada. La anciana estaba de mal humor y acogió mi presencia de una manera poco efusiva.

—Aquí la vida social es lo que acaba de ver, no se haga ilusiones— comentó casi con agresividad.

Le resumimos los incidentes de la noche sin que manifestase sorpresa. Se azotó una rodilla con el mosquero tal vez para sacudirse males y peligros, y volvió a engolfarse en la emoción de dados y cubiletes. Las damas negras y blancas —estas últimas eran las de Dinah— componían un dibujo casi cabalístico sobre el tablero.

Quiso saber quién era la literata a quien había dado el susto, y también se interesó por Watson porque en su juventud había frecuentado a unos Watson que vivían en Argyll Terrace, aunque no era probable que fuesen de la misma familia. Le hablé del misterioso Scott-Grey, con un guión en medio, pero el nombre no le sonaba.

Una vez agotado el tema guardamos silencio; en la pared las sombras se contorsionaban con lentitud, hasta que vimos morir las llamas del hogar. Mrs. Leforest desvió la mirada hacia una arqueta de cedro que estaba sobre la mesa para comprobar que no se había movido de su sitio. Luego anunció súbitamente señalándose un codo:

—Me duele aquí.

Nadie volvió a abrir la boca. Me dediqué a mirar los grabaditos del salón con escenas de montería: La muerte del ciervo, El descanso en la posada, Las fanfarrias suenan. Patricia Kilkenny propuso tomar té y unos emparedados, ya que en casa de Mrs. Chappelow sólo había oído hablar del ambigú.

Era inevitable hacer los melindres propios de la buena educación, pero tengo que admitir que después del segundo emparedado la vida ofreció un rostro mucho más placentero. La criada, que iba y venía dando órdenes entre cloqueos de risa, con los hombros agitados por un ritmo interior, me miraba como si esperase de mí alguna revelación salvadora.

—¿Ha venido usted por turismo?— me preguntó Mrs.

Leforest, acordándose inesperadamente de mi existencia.

—En cierto modo...

—Ya entiendo— me interrumpió entre toses.

¿Qué es lo que entendía? También ella se empeñaba en hablar en jeroglífico, pero yo desconocía la clave. En la chimenea el fuego era un tenue resplandor dorado al borde de extinguirse, y busqué alguna frase cortés que fuera muy banal para avivar la conversación, como quien echa un puñado de hojarasca a un rescoldo moribundo.

—El té es excelente— dije vistiendo el vergonzoso tópico con la más luminosa de mis sonrisas.

—Es tan aburrido eso de las soirées, yo prefiero el backgammon y los derviches— contestó Mrs. Leforest.

Un discreto ademán de la joven me indicó que su tía tenía a veces aquellas ausencias. ¿Estaba pensando en sus tesoros ocultos? Vi que volvía a mirar la arqueta de cedro y que buscaba con los ojos a Dinah, que había salido del salón. Patricia Kilkenny rompió el embarazoso silencio para preguntarme:

—¿De veras es usted tan barón como dicen?

—No hay que exagerar— repuse.

—Si las cosas no se exageran no parecen de verdad.

—Eso es en el teatro, en la vida supongo que será diferente.

—Todo debe de ser lo mismo. Su papel de rey Midas le da mucho carácter.

Fuera, en la noche, se oyó un triple aullido, y Mrs. Leforest pareció azorarse. Estuvo agitando la campanilla hasta que acudió la criada, no hizo caso de nuestras preguntas, se puso en pie y dio unos pasos hacia la puerta sin necesitar bastones, como si el miedo o la inquietud le hubiesen hecho recobrar la agilidad.

—Esos chacales, Dinah...
—Sí, señora.
—Abre bien los ojos.

Dio un golpe de mosquero en las patas de la silla, y tiesa y solemne, como quien cumple un sagrado ritual, cogió la arqueta y la arrojó al fuego, donde ya se encenizaban las brasas. Un aroma penetrante nos envolvió a todos. Me despedí, Mrs. Leforest nos había olvidado por completo y miraba pensativa el humillo de la chimenea.

IV

Su pendentif de nácar y lila con el dibujo de un laberinto era un manchón de palidez en la claridad azufrada de aquel lugar. Después de acariciarlo largamente, jugueteaba con su anillo, en el que había una piedra con bandas concéntricas y sinuosas, como un antiquísimo charco aprisionado en la dureza mineral.

Los clientes de la agencia Cook, a quienes a la salida, por cuatro chelines por persona, iban a llevar a ver la puesta de sol en el desierto, formaban un circunspecto rebaño en espera de sensaciones intensas, inolvidables, tal como les habían prometido. Pero de momento el único espectáculo se lo ofrecíamos Miss Bloomfield y yo.

Me sentía incómodo en aquel antro que apestaba a tufo de almizcle. No había bancos ni escabeles, nos sentábamos en el suelo sobre tejidos de palma, y ante nosotros teníamos una frasca de encarnado jarabe muy dulzón y cazuelillas de pasteles multicolores. El ambiente era denso y no muy digno de confianza.

—Aquí hace tanto calor como fuera— protesté.

—Sí, pero es un calor más pintoresco.

—Si usted lo dice...

—¿No ve que hay algo satánico en el aire? Fíjese en los vasos, parece que nos han servido sangre endulzada con miel.

—Santo Dios, pide demasiado.

—En mí es una vieja costumbre.

—Hablando de costumbres, echo de menos una buena silla.

—Seguro que aquí deben de pasar cosas poco recomendables, ¿no le parece?— señalaba la penumbra a su alrededor.

—Me temo que sí. ¿De verdad no quiere que nos vayamos?

Me miró como si le acabase de hacer proposiciones deshonestas, o, mejor dicho, como si hubiera estado esperándolas de mí y yo la defraudara con un cumplido inocente. Rebecca Bloomfield puso su cara más expresiva de marimacho angelical, y aunque no hacía ninguna falta, me recordó que sentía debilidad por las situaciones equívocas.

—De aquí no me voy si no es a rastras, y créame que es una operación que requiere fuerza.

—¿Las almeas?

—Quiero ver cómo son.

—Imagino que vulgares bailarinas.

—Eso no es verdad, usted imagina algo mucho peor, pero no se preocupe tanto por la moral.

—Usted en cambio se las promete muy felices.

—Me gusta lo que es raro, lo que es único.

Bastaba con verla. Embutida en un traje masculino —para horror de los turistas de la Cook—, con su corbata y uno de aquellos horribles chalecos rameados sobre el que reposaba el pendentif, fumando un cigarrillo tras otro que aplastaba desdeñosamente en los pasteles, parecía una absurda parodia de algo inconfesable.

Muy pronto empezaron las sombras chinescas, con batallas, persecuciones y apasionadas escenas de amor, entre relampagueos de elocuencia por parte de una especie de juglar, para nosotros incomprensible, que salmodiaba el relato. Primero estábamos en el desierto, bajo las palmeras, luego en estancias recoletas y níveas en las que el coloquio de los amantes tenía turbaciones de furtiva intimidad.

Los dos seguíamos atentamente el desarrollo de aquella historia vertiginosa y cruel en la que había que pagar por los sentimientos con dolor y soledad, aunque la aventura, que figuraban sobre un lienzo blanco habilísimas manos, imitando también minúsculos sables, velos y turbantes, nos condujera a un final feliz.

La segunda parte era la sátira de un capitoste que en la caricatura se mostraba como un monstruo de corrupción, venal, ávido de dinero, prorrumpiendo en excitados grititos de voluptuosidad cuando oía tintinear las monedas, que añadía una a una a su tesoro como un insaciable Shylock con tarbús.

Después de encerrar bajo llave su fortuna, se frotaba las manos y se agarraba a la túnica de la beldad del cuento, susurrando lo que debían de ser enormidades libidinosas, acogidas con fuertes risotadas por los indígenas del público, que se palmeaban ruidosamente las rodillas como pidiendo más gracias de aquel estilo.

Luego la orquesta, tres músicos de aspecto miserable tocando una flauta de bambú, una viola y un tambor, acompañaron un número de prestidigitación que absorbió todo el interés de la novelista, pendiente del ágil despliegue de pañuelos revoloteando en el aire como aves cautivas bien amaestradas que una y otra vez se multiplicaban para en seguida desaparecer.

Cuando el vendedor ambulante que iba de mesa en mesa ofreciendo chucherías se detuvo ante nosotros, vi con estupor que era el inevitable tuerto convertido en mi sombra. Una fea cicatriz le cruzaba la cara desde el ojo cerrado hasta la barbilla, y de nuevo fingió no conocerme a pesar de la insistencia con que le miré.

Sacó de las profundidades de sus bolsillos camafeos, collares de piedrecitas, rústicos broches y por fin un escarabajo negro y pulimentado que según me dijo en su torpe inglés era un amuleto muy valioso. Le pregunté si también ahuyentaba a los espías, él hizo como si no me entendiera y vi que la escritora le despachaba con un bufido.

Parecía no querer perderse detalle del espectáculo, olvidándose incluso de las escandalizadas expresiones que la rodeaban, como una adolescente que por unas horas se libra de una severa tutela y puede asomarse a un lugar prohibido, con todo el encanto de una peligrosa novedad que puede ser una amenaza para su candor. Aunque tal vez no era este el caso de Miss Bloomfield.

Habíamos coincidido en el vestíbulo del Richmond, donde, en uno de esos canapés en forma de ese que creo que se llama vis-à-vis, estaba sentada junto a Scott-Grey, dándose ostensiblemente la espalda, como si se hubieran peleado; tuve la sensación de que me esperaba, y en seguida dio por supuesto que yo no tenía nada que hacer, lo cual por otra parte era verdad.

Casi se mostró aceptablemente femenina, me pidió que la acompañara a dar una vuelta, no fuese que los derviches quisieran darle otro susto, a ella, una débil mujer, dijo tirándose de las solapas de la levita y mirándome con mucha sorna. Admito que despertaba mi curiosidad por muchas cosas que aún no acertaba a explicarme.

Sólo que no había previsto que no era una hora muy indicada para pasear; en la calle, donde el mendigo ciego seguía absorto en la contemplación de su noche, nos asaltó una avalancha de luz irresistible que se clareaba en velos y vapores gris perla, no podíamos permanecer bajo el sol y de común acuerdo buscamos un refugio.

Nuestra decisión provocó en el hotel una solicitud alarmante y comprendí que íbamos a acabar fatalmente en algún tugurio. La picardía y los gestos de complicidad de la gente del Richmond no auguraban nada bueno, pero nadie quiso atender a mis explicaciones, que debían de suponer destinadas a salvar las apariencias, aunque pocas podían salvarse al lado de Rebecca Bloomfield.

Se nos condujo no propiamente a una casa, sino a una altísima tienda de tela con la puerta entornada, y en ella un guardián tocando el bombo a manera de reclamo. Nuestro cicerone, después de cobrar su comisión, insistía en que aquello era lo que necesitábamos, sin permitirse la menor duda acerca de nuestros deseos.

—¿Qué se ve aquí dentro?— quise saber, aún receloso.
—Almeas bailarinas, mi señor.

Miss Rebecca mostró un entusiasmo indescriptible, me dijo que no preguntase nada más y que no estaba dispuesta a perderse las delicias de una danza exótica. Yo vacilaba. ¿Tenía que dármelas de caballero vienés y protegerla de visiones tal vez indecorosas? Qué diablo, ella era lo más indecoroso que podía verse.

Para vencer mis últimos escrúpulos nos prodigaron descripciones de vaporosos seres con movimientos ondulantes y gráciles, de una belleza incapaz de contenerse en palabras y con un arte como no podríamos ver nada igual en todo el Oriente. Cuarenta parás por persona, una suma tan modesta que me hizo suponer lo peor.

Y allí estábamos, muertos de sed después de ingerir

aquellas golosinas horrendas que ahora aparecían erizadas de puntas de cigarrillo, ante aquel brebaje de aspecto sanguinolento que había exaltado la imaginación de la literata. La vi aplaudir los juegos de manos con una pasión casi infantil que aniñaba inesperadamente su rostro lunar.

Entonces apareció la almea, a la que hubiese sido impropio llamar una venus. Debía de tener cuarenta y tantos años, era de piel cobriza, la cara arrugada, muy chata, con ojos mortecinos y estrábicos agigantados por la línea de kohl que los contorneaba, las mejillas color de lacre y las cejas unidas por un inmenso trazo negro.

Su peinado era un amontonamiento de greñas, llevaba por todo adorno un collar de monedas y cubría sus carnes con una indefinible túnica que había sido verde en sus momentos de máximo esplendor, ya lejanos. Iba descalza y en la mano llevaba un bastón. Los músicos empezaron a tocar una melopea cadenciosa que invitaba al sueño.

La almea se desplegó en lo que parecía el comienzo de un ejercicio de gimnasia, con una bien ensayada lentitud ceremonial. Sus movimientos culminaron en algo de apariencia muy simple, apoyar el bastón en el suelo, y entonces nos abarcó en una mirada circular como prometiéndonos a partir de ahí incontables maravillas.

Luego se fue inclinando pausadamente mientras la cara se le contraía en muecas de desgana, dejadez o pereza hasta que con la frente consiguió tocar el puño del bastón, formando así con su cuerpo un ángulo recto. Tan acrobática postura debía interpretarse como un primer paso de baile, y para que admiráramos su equilibrio y su agilidad permaneció inmóvil durante unos minutos.

Y comenzó la danza sin despegar la cabeza del puño del bastón, manteniendo quieta la parte superior del cuerpo, ondulando los brazos de un modo elásticamente serpentino y entregándose a meneos frenéticos —ya no cabía la menor duda, había que descartar cualquier suposición más acorde con las buenas costumbres— que estaba visto que eran el interés principal del baile.

Sus movedizas posaderas, porque de algún modo hay que llamarlas, oscilaban con un vaivén hipnótico, parecían haber enloquecido, dando bandazos, arqueándose violentamente, como si fueran a salir disparadas hacia el público como un pelotón carnoso que se desgajase del descoyuntado cuerpo.

Daba la vuelta con mucha lentitud para que todos pudiéramos gozar de aquel arte inaudito de sus convulsivas curvas posteriores, y cuando su cara quedó frente a nosotros vi cómo regueros de sudor le descomponían los afeites, abriendo surcos en la desteñida máscara y pintando en ella dos churretes en forma de caracol.

La música que amenizaba la sesión se hizo obsesivamente melancólica, como una llamada a un ideal imposible del que no pudiéramos consolarnos, el bombo de la puerta era igual que un trueno en la lejanía, y mientras el viento hinchaba las paredes de la tienda fingiendo rotundidades descomunales de nalgas a punto de hacer estallar las costuras.

Miss Rebecca tenía un ataque de risa que sofocaba con discreción bajo su pañuelo, pero los indignados siseos que oímos a nuestro alrededor nos hicieron comprender que había que tomar el espectáculo con seriedad, y hasta los clientes de la agencia Cook se esforzaban por parecer impasibles y ajenos a cualquier emoción que no fuese de carácter estético.

Delante de mis ojos, un señor envuelto en la sombra que usaba unos borceguíes de puntera colorada, movía el pie como un péndulo, y las damas venidas de Inglaterra retorcían galones, borlas y flecos en un plausible intento de mostrarse indiferentes y a la altura de las circunstancias.

Aquello duró un buen rato, hasta que al fin, ya en el límite de sus posibilidades, la almea adoptó una especie de postura de cobra, y sin dejar de nalguear imprimió rítmicas oscilaciones a su torso, más difícil todavía, haciendo que cada uno de sus pechos bailara, por así decirlo, mientras el otro seguía inmóvil.

Tras este formidable alarde de habilidad muscular que tenía que haber exigido un largo adiestramiento, dio reposo a sus fatigadas asentaderas y se retiró con paso elástico y bajando la vista, como si de pronto hubiese caído en la cuenta de que todo aquello atentaba gravemente contra el pudor.

Como remate, la orquesta desató una tempestad de sonidos en los que fuimos reconociendo penosamente el Yankee Doole y el God save the Queen, y después de tan despiadada interpretación abrieron la puerta dándonos a entender que podíamos irnos. Por cuarenta parás ya estaba bien.

Miss Rebecca había cambiado de humor en unos segundos, ahora parecía tener prisa por salir de allí. Rechazando mi ayuda, se incorporó con la majestuosidad de una montaña que se pone en movimiento y agarró la sombrilla como si se dispusiera a estrellarla en la cabeza del primero que se cruzase en su camino.

—Prometo no volver a mirarme el culo— dijo una vez estuvimos fuera, con el propósito manifiesto de escandalizarme.

Rebusqué en mi memoria y comprendí que era la primera mujer a quien oía pronunciar aquella palabra. Se dirigió derechamente a una aguadora y vi que bebía con avidez, haciendo más ruidos de los que se supone que hay que hacer en estos casos, y mientras se secaba los labios me indicó con un gesto de displicencia que podía pagar.

—Los pasteles eran diabólicos— dije.

—Y no sólo los pasteles; ahora buscaremos un rincón de paz lejos de las tentaciones de este bajo mundo. Yo le guiaré.

Anduvimos unas calles ya con el sol vencido entre el polvo y los primeros anuncios del inmediato atardecer, desembocamos en una plazuela e inesperadamente me encontré ante una iglesia encalada; franqueamos la verja y el portón nos abrió un espacio oscuro y apacible, como una noche sembrada de lucecitas.

No había nadie. A nuestra derecha, un Cristo crucificado de tamaño natural con jirones de una túnica de esparto que le caía desde los hombros anudándose en torno a la cintura; colgaba de la cruz entre cuajarones de sangre violácea encadenado al instrumento del suplicio, con argollas en los tobillos y muñecas, igual que un delincuente que a pesar del tiempo transcurrido aún debía considerarse peligroso.

Más allá, la Virgen de Lourdes como una súbita aparición celestial en medio de la gruta de rocalla, rodeada de exvotos y tras un semicírculo de velas; y en otros altares, la Milagrosa, sobre un globo terrestre en el que leía

FRANCE, aplastando con un pie la cabeza de la serpiente, san António encapuchado y barbudo, y santa Filomena, coronada de rosas y extática, con un lirio en la mano.

Un pajarillo revoloteaba sobre las filas de reclinatorios y se posó sobre el púlpito, de madera pintada y barnizada como jaspe, haciendo temblar unos hilos de araña que por lo visto contribuían eficazmente a sostener el tornavoz. Frente al altar mayor, todo oscuridad, había dos ramos de palidísimas flores con apariencia de plumas extrañas.

Nos metimos en la sacristía como si buscáramos a alguien, de detrás de una talla de san José salió un criadito indígena mudo y sonriente con un rosario en la mano, y sin hacer la menor pregunta nos llevó a un huerto que terminaba en un alto muro de mampostería por encima del cual vimos cabecear las copas de unos árboles.

Nos rodeaban higueras desnudas y rugosas, limoneros, naranjos y un poco más allá había un huertecillo con ajos, cebollas y guisantes. En el cielo, donde la luz se replegaba apresuradamente, todo era color de caléndula.

Miss Bloomfield abandonó su protuberante anatomía en un sillón de mimbre que crujió de un modo lastimero, como si fuera a emitir su último suspiro, y una vez repantigada, tras subirse las perneras del pantalón, encendió un cigarrillo dispuesta a gozar a sus anchas del sosiego crepuscular.

—Por hoy ya basta de hacer comedia— oí que murmuraba dando un papirotazo al fósforo, que describió una elegante curva hasta perderse entre las hortalizas.

—¿Siente la satisfacción del deber cumplido?— pregunté instalándome en una mecedora.

Rió aliviada, como quien deja de representar un fatigoso papel; el criado nos había traído una fuente de lenguas de gato, agua fresca y café, y contemplaba la taza hipnotizada por aquel ojo negrísimo, móvil y brillante que parecía mirarnos desde otro mundo. La luz se iba haciendo esquiva y el último sol movió sobre la tapia garabatos de sombras.

—No debería usar gafas, le avejentan— me soltó entre borbotones de humo.

—¡Es que sin ellas no veo!

—¿Y para qué demonios quiere ver? ¿Para curiosear en el cuarto de sus vecinos? Porque ya sabe que las paredes de nuestro hotel no sólo oyen, además miran.

La mecedora chirriaba en el silencio como si imitase el canto de un grillo. Miss Rebecca, oculta tras un nube gris que se descomponía en mechones y rizos de una cabellera despeinada y fantasmal, iba confundiéndose con la noche. Después de apurar el café ahogó en los posos de su taza la colilla que ya le quemaba los dedos.

—Mea culpa —susurré meciéndome lentamente—, aunque sospecho que compartimos la misma curiosidad indiscreta.

—¡Oh, pero no es lo mismo!— me aseguró.

—Debo entender que lo que hacía en su cuarto...

—Quizá no supe improvisar cosas tan sublimes como Shakespeare, una no es del oficio y hace lo que puede. Luego le estuve espiando por la misma grieta por la que usted me espiaba y no vi nada interesante. A través de un agujero parece usted muy anodino, la verdad es que de cerca mejora.

—Gracias.

—No hay de qué. Empiezo a comprender cómo pudo

estafar tanto dinero a los belgas, barnizado de barón austríaco causa cierto efecto. Pero se ha metido en un mal embrollo.

—¿La envía la Banque Générale Bruxeloise?
—¡Qué barbaridad!
—¿Policía entonces?
—Sus suposiciones son cada vez más ofensivas.
—Luego no le importará que yo desaparezca...
—¿Por el aire? Porque río abajo le esperan con las esposas a punto, hacia el sur sabe perfectamente que no hay quien se aventure y a nuestro alrededor sólo hay desierto.
—Pero hay caravanas que van a Narambi, en la costa oriental, y desde allí es fácil embarcar hacia la India.
—Quíteselo de la cabeza, ya no hay caravanas a Narambi ni las habrá durante mucho tiempo, la última cayó en poder de los derviches. Estamos en guerra, señor barón.

La voz brotaba de la oscuridad, yo sólo podía ver un brillo irisado de nácar a la altura de su pecho, como una burbuja luminosa suspendida en el aire. Prendió un fósforo y encendió dos quinqués que había sobre la mesa. El espacio se llenó de lenguas de luz y de resplandores que fingían otra realidad.

—¿O sea que esto es una ratonera?
—Y usted uno de los ratones —precisó engullendo rápidamente una pieza de chocolate—. Sé que hay tintoreros en los que aún confía, pero son esperanzas vanas. Por si le sirve de consuelo le diré que no es el único ratón, ni tampoco el principal. La caza mayor no va con usted, lo que nos preocupa es lo del sur.

Vaya, un agente del gobierno, hubiera podido ser

peor, habían elegido a alguien tan llamativo y escandaloso que era imposible que despertara sospechas. Con el rostro desfigurado por los reflejos y clavando en mí una mirada que debía de querer ser devastadora, se sirvió un vaso de agua y acercó otro cigarrillo al tubo del quinqué.

—¿Y qué quiere Londres del sur?

—No lo sabe, este es el problema, que no lo sabe.

—Y usted está aquí para saberlo.

—Para que ellos lo sepan— matizó.

—Y Scott-Grey...

—Muy perspicaz, Basil disimula tan mal que llama la atención como una mosca en un vaso de leche.

—Y seguro que también ese tuerto que me sigue a todas partes.

—El servicio secreto inglés no acepta agentes tarados, todos tienen que rebosar salud como yo. En cuanto a usted, que no es más que un granuja...

—Déjeme pensar si tengo que ofenderme.

—Tómese todo el tiempo que quiera. Quiero decir que le va a sobrar tiempo y que si se lo toma con calma no tiene nada que temer. Olvide su plan de irse a Narambi en una caravana, pero no creo que las autoridades de aquí tengan prisa por echarle el guante; para ellos detenerle significa gastos y engorros, y el asunto no les incumbe; además, cualquier funcionario estará encantado de dejarse sobornar; el cohecho es una institución que, debidamente utilizada, con mesura y con tino, es beneficiosa para todos. Por nosotros no se inquiete, como diría un amigo mío que es cura, nous avons d'autres chats à fouetter— y torció cómicamente la boca mientras embaulaba lenguas de gato.

—Y para eso cuentan conmigo.

—Nos gustaría que colaborase espontáneamente despertando sospechas.

—¿Tengo que disfrazarme de derviche?

—No pensábamos en los derviches, sino en el Hombre Gris.

—Suena a novela barata. ¿Puedo saber quién es?

—De eso se trata, de saber quién es.

Hubo revuelo al otro lado de la tapia, se oyeron canciones y órdenes monjiles que nadie parecía tener prisa en obedecer, Mambrú se iba a la guerra una vez más entre risas, campanilleos y voces de niña en un francés ligeramente estropeado. Miss Bloomfield callaba, como si hubiera llegado al límite de sus confidencias, si no estaba poniendo a prueba mis nervios.

—Porque ayer usted no vio a ningún derviche en el jardín— afirmé pasando al ataque.

—Es posible que no.

—No había huellas al pie de la ventana.

—Veo que le ofende más que le tomen por tonto que por ladrón.

—Todo fue una comedia entre Scott-Grey, usted y la dueña de la casa.

—Hay que alarmar al Hombre Gris. Está demasiado quieto.

—¿Y la explosión del polvorín?

—Como dicen los franceses, de la poudre aux yeux.

—¿También comedia?

—¿Por qué no? Dimos una explicación oficial y tranquilizadora para que nadie la creyera.

—¿Y si provocan el pánico en la población?

—Ya se les pasará.

—Pero yo oí decir a aquella especie de explorador en su cuarto...

—Olvídelo, nos conviene que él también crea lo que no es.

—Oiga, ¿hay algo de verdad en todo lo que sucede?— pregunté irritado.

—Procure que a usted no le maten, lo cual bien podría ocurrir, y eso sí sería de veras. Porque la gente se muere de verdad, definitivamente, no sé si alguna vez se ha parado a pensarlo.

—Si me matan tendría un buen tema para una novela, en el supuesto de que lo de ser escritora no sea también un bluff.

—La literatura siempre es verdad —respondió secamente—, y la mía también.

—Me lo pone difícil, señorita, y además aún no sé lo que me están pidiendo.

—Hacemos lo posible para inquietar al Hombre Gris con cosas inexplicables, eso es todo.

—¿Qué saben de él?

—Que ha venido a entregar armas a los derviches y a enseñarles cómo se manejan. Ametralladoras Remington, fusiles y otros juguetes así.

—Armas que están escondidas...

—No sabemos dónde. Llegaron por el río disimuladas en balas de algodón o algo semejante, pero siguen aquí, el Hombre Gris aún no ha podido sacarlas.

—Un mercenario.

—Mucho peor, un idealista que nos odia. A veces me pregunto cómo es posible que alguien no odie a los ingleses; en Londres tendrían que plantearse la cuestión, pero a los políticos les gusta tanto hacer cosas que no tienen tiempo de pensar en lo que hacen. Puede ser un sudista de la difunta Confederación americana, o un francés como ese Petitfils, o un irlandés feniano, tal vez un ruso.

—Y su plan es que si me toman por él puede descuidarse y dar un paso en falso.

—Empieza a comprender. Por ejemplo, esta noche podría dar un paseo por las cercanías del polvorín. Está vigilado y no dejarán de advertir su presencia.

—¿Quién tiene que advertir mi presencia?

—Pues la policía.

—Pero ¿no trabajan juntos?

—Según y cómo, es una relación compleja y delicada que no tengo tiempo de explicarle.

—Y en mi caso ¿le parece prudente llamar la atención de la policía?

—No, es una temeridad.

—Con un poco de suerte alguien me puede pegar un tiro mientras curioseo por allí, ¿no?

—No se ponga melodramático, es un favor que le pedimos. Los riesgos son insignificantes, quizás un tiro o una puñalada por la espalda, nada digno de tenerse en cuenta, y además piense que así puede redimirse moralmente prestando un servicio al gobierno de Su Graciosa Majestad.

—¿Es una promesa?

—No, sólo una suposición mía. Por otra parte puede usted seguir dándose buena vida en sus cuarteles de invierno, siempre he pensado que el dinero mal adquirido ha de producir más satisfacción a la hora de gastarlo. Gástelo, a mí qué más me da, es el de los belgas, cultive a Shakespeare o, si lo prefiere, haga la corte a Mrs. Cattermole, como quiera, no hay mucho donde elegir. Sólo le prevengo que conmigo no cuente.

—¿No le interesan los hombres?

—No, y las mujeres menos aún.

Por un portillo del muro se coló en el huerto una diminuta colegiala con blusón negro y trenzas preguntando por el abate Hardouin; se plantó ante la novelista contemplándola como a un ser venido de otro mundo, y Miss Bloomfield le mostró las palmas de las manos con los dedos abiertos y luego alargó un brazo hasta rozarle la sien.

—Ou boeuf ou vache tu me le caches— dijo en tono de conjuro.

Y le sacó de detrás de la oreja una bolsita de color verde que contenía unos confites. A la niña aquello debió de parecerle normal, se llevó un puñado de confites a la boca, murmuró un Merci muy tímido, se fue acercando con más confianza y al cabo de un momento estaba sentada sobre sus rodillas.

La noté indecisa acerca de si debía llamarla Madame o Monsieur, pero se entretuvo jugando con el pendentif mientras iba haciéndole preguntas rebosantes de lógica, por ejemplo si era papá o mamá, cómo se rascaba la espalda y si no le daba el sol a pesar de protegerse con la sombrilla.

Miss Bloomfield contestaba reposadamente en un francés de buena escuela, y le extrajo de la nariz una monedita de cobre que se esfumó entre sus dedos morcilludos para reaparecer con un Voilà! bajo los posos y la ceniza de su taza de café. La niña y yo aplaudimos su actuación y ella correspondió ofreciéndonos lenguas de gato.

En su caraza había indicios de una ternura maternal que jamás me hubiera atrevido a suponer. Ahora mostraba a la niña su sortija, diciéndole que las ágatas tenían un encantamiento, la virtud de hacer amigos, como ella misma acababa de comprobar, porque las dos eran ya amigas, ¿o no?

Se dejó ver una silueta ensotanada e hice una de mis deducciones que en aquel momento me pareció genial: el cura tenía que ser por fuerza el explorador barbudo, otro agente del gobierno disfrazado de misionero católico: la entrevista en el hotel, la iglesia como lugar secreto de reunión, en Londres pensaban en todo.

Cuando le tuve cerca vi que no era el explorador, la barba se prestaba a confundirles, pero era infinitamente más corpulento, con rasgos distintos y quizá septuagenario, pese a lo cual andaba con un brío muy juvenil. Manifestó alegría al ver allí a la escritora, como si entre ambos existiera una antigua amistad.

—¡Mademoiselle Bloomfield, qué alegría verla de nuevo!

—Aún no he venido a bautizarme, monsieur l'abbé.

—No hay que precipitar las cosas, a san Agustín también le costó lo suyo. Pero si la petite Thérèse se pone de mi parte —señaló a la niña—, dése por perdida.

—No sé si conoce al barón...

—Monsieur Petitfils me ha hablado tanto de él —dijo estrechándome la mano en una efusiva intentona de triturármela—. Cuenta y no acaba de su palacio de Viena...

—Desconfíe, es un corruptor de viajeras incautas.

Contó el episodio de la almea que hizo reír mucho al abate, quien en seguida nos propuso probar unos dulces que hacían las monjas, una repostería excelsa como hecha por ángeles; entonces se abrió el portillo y entraron varias monjas de hábito blanco conduciendo una hilera de colegialas.

Hicieron señas a la petite Thérèse que se les unió dando saltitos como si jugase a la comba, nos saludaron sin levantar la vista del suelo, nadie pareció extrañarse ante el insólito aspecto de la escritora y se metieron en la iglesia. La niña se volvió para despedirse agitando unas manitas pringadas de azúcar, y Miss Rebecca correspondió con un ademán de travesura cómplice.

De algún rincón de la noche salió el vagabundo desharrapado que yo había visto desde la ventana del hotel y se sumó a la comitiva, ocupando humildemente el último lugar, también con los ojos bajos, sin querer vernos. El cura se excusó, le reclamaban para las vísperas, pero que nos consideráramos allí como en nuestra propia casa. Y se despidió sometiéndome otra vez a la tortura de su férrea mano.

—Creo que es hora de irnos —suspiró Miss Rebecca, alzándose penosamente del sillón—. Ya se ha dicho todo lo que había que decir. Ahora es usted poseedor de terribles secretos, ándese con cuidado —me advirtió entre la solicitud y la amenaza.

—¿Porqué confía en mí?

—Siento debilidad por los ladrones, el robo es mi vocación frustrada.

—Es usted inagotable de sorpresas, tampoco sabía que le gustaban los niños.

—Ahorremos sensiblerías, conviene dejar a salvo la dignidad. Todos somos seres humanos, al menos eso me temo.

Le abrí la verja y me indicó con un ademán que prefería que no la acompañase. Volví solo al Richmond perseguido por el aleteo de cánticos piadosos, después de cenar alargué la sobremesa hasta muy tarde, y al salir me tropecé con el mismo cochero del día de mi llegada, que debía de tomarme por un chiflado o por un vampiro.

Me repitió su cantilena de la primera vez, Es muy tarde para cualquier cosa, pero le interrumpí; no quería ir al castillo, quería dar una vuelta por el embarcadero, y una vez allí le dije que me gustaría ver el polvorín, al otro lado del río. Respaldé mi deseo con el brillo de una moneda y eso allanó todas las dificultades.

Un barquero me llevó a la otra orilla y me dirigí andando hacia el lugar de la explosión. Ciertamente, no había mucho que ver, sobre todo en plena noche y en aquel descampado, pero me entretuve fumando un cigarrillo para que cualquiera que anduviese por allí pudiera verme a sus anchas.

Por fin regresé hacia la barca y entonces oí un ruido que no sé porqué supuse que era el estornudo de un camello. Ahora bien, ¿estornudan los camellos? Suponiendo que lo hagan, ¿suena de este modo? Lo ignoraba. La incógnita del estornudo de los camellos iba a ser como lo de los cocodrilos, un misterio destinado a no aclararse jamás.

V

El gendarme sudoroso que mascaba caña de azúcar me abría paso por las callejuelas de un barrio mezclado y popular lleno de olores incalificables, entre los que creí reconocer los de cuero y madera podrida; aunque un poco más lejos, aguzando el olfato, tuve que rendirme a la evidencia de que apestaba a especias y a orines.

Me dejaba conducir por el individuo que a media mañana se había presentado en el hotel ordenándome con malos modos que le siguiera, y que durante mi desayuno había montado guardia junto a mi mesa como para impedir que saliese huyendo antes de terminar las tostadas y el té.

Con su chaquetilla verde, los bombachos y el fez sujeto por los bordes con un pañuelo de seda, estaba muy orgulloso de representar la ley, y sirviéndose de su vara flexible apartaba con autoridad a todos los que encontrábamos en nuestro camino, no sé si como protección o para evitar que los transeúntes se contaminasen con mi contacto.

La gente era un guirigay de curiosidad maligna, multiplicando los ademanes serviles o burlones que invitaban a que entrase en sus mugrientas tiendas de ultramarinos, bazares, fondas, cafés con mostradores de piedra junto al umbral, donde era visible el hornillo de barro y hervía sin cesar el agua en grandes cafeteras de cobre estañado.

Pero mi gendarme no hubiese tolerado estas fantasías, tenía la misión de conducirme hasta cierto superior, y pasaba incorruptible e indiferente entre las tentaciones de la calle, como mucho levantando los ojos hacia las azoteas, donde ondeaban los colorines de la ropa tendida para después desinflarse en el cansancio de tan inútil ostentación al viento.

Desde oscuras ventanas me ofrecían pasteles de tapioca o dulces empalagosos que debían de saber a engrudo, griegos insinuantes querían atraerme a sus garitos con el cebo de una fortuna rápida y fácil, y los cambistas pregonaban sus servicios tableteando con los dedos sobre sus estantes de cristal para guardar monedas, alineadas allí ante la codicia impotente de los pobres.

Usureros nos invitaban también a ocupar los divanes de sus establecimientos con el fin de cerrar no se sabe qué horribles tratos, había quien decía adivinar el futuro con huesos de dátiles, y un viejo oía embelesado el chasquido resultante de aplastar entre el pulgar y el índice unos insectos como polillas que revoloteaban en torno a él.

Pero el espectáculo más llamativo era el de algunos burdeles en cuyas puertas las que en un tiempo que juzgué inmemorial fueron beldades griegas o armenias proponían en un inglés contrahecho los goces anticipados del paraíso de Mahoma, todo por una cantidad que en el peor de los casos sólo podía llamarse módica.

Las supuestas huríes eran las más tenaces, y al ver que no les prestábamos atención salieron a tironear nuestra ropa, metiéndonos por los ojos carnes orondas y blancuzcas más bien atocinadas que debían de considerar como sus encantos supremos, y mi guía tuvo que ahuyentarlas a varazos, por lo cual se ganó un chaparrón de insultos.

Otros me abordaban como dragomanes o intérpretes, tan necesarios, decían, para hacer una buena declaración legal, o se ofrecían como amanuenses, señalando su faja, donde llevaban un estuche de cobre con un tintero y la pluma de bambú.

Un rebaño de ovejas nos envolvió en polvo y hedores, entre un coro de desamparados balidos, y apenas desaparecieron me vi ante un portal con la bandera de la media luna y la estrella; dentro había un espacio dividido por mamparas y adornado con plantas de hojas enormes de un verde lustroso en forma de espinas de pez.

Me senté en un banco, y al cabo de diez minutos de espera fui a asomarme a un pasillo al fondo del cual creí reconocer una plaza desierta junto al río, una triste explanada con un césped ralo y con tantas calvas que casi no se distinguía el color verde. Una gabarra navegaba a la sirga, y los milanos iban describiendo incansables círculos en el cielo azul.

Por una puerta abierta vi a un escribiente impávido, lleno de majestuosidad burocrática, que emborronaba papel mientras un policía iba pegando bastonazos a una turba de protestones indígenas que se acaloraban prestando tumultuosamente declaración. Todos parecían más inquietos por lo que se estaba escribiendo que por los bastonazos que llovían sobre sus espaldas.

Al fin me introdujeron en un destartalado despacho que presidía el difunto Jorge IV desde una estampa amarillenta en la pared. Sobre un caballo de ojos enloquecidos y revueltas crines, pisando su propia sombra, entre arcos, nubes y cortinones que descendían de la altura, contemplaba aquella desolación oficinesca desde su limbo inglés, insensible al tiempo y a la muerte que ya habían pasado por su regia persona.

A los pocos segundos entró un sujeto que vestía de dril blanco, la cara color de caoba, con mucha pomada en la cabeza; lo primero que hizo fue encasquetarse el tarbús, probable símbolo de su autoridad, luego se instaló en un diván, frente a una mesita con cajones, y me indicó un escabel para que me sentara.

Yo no tenía miedo, más bien me divertía aquella imitación de prepotencia policíaca con la que me había encontrado en tantos otros lugares del mundo y que siempre acababa igual. Pero la luz que entraba por la ventana era demasiado cruda, tenía reverberaciones cegadoras que me impedían detallar las facciones del hombre que estaba ante mí.

—Están muy bien hechos— dijo después de examinar mis papeles con mirada experta.

—Sí, en su género no están mal— corroboré.

—Son unos buenos papeles— insistió.

—Lo son.

—¿Y viaja usted solo, sin servidumbre ni ningún acompañante?

—Como puede comprobar.

—Sí, ya lo compruebo.

—¿Lo prohíbe la ley?

—Míster... brrr —resopló parodiando la complicada fonética de los apellidos que aparecían en mi pasaporte—, lo que sí está prohibido es la falsedad; y la inmoralidad, la maldad, la indocilidad, la mendicidad...

—¿La mendicidad también? Nadie lo diría.

—No crea en las apariencias.

—Nunca he creído en ellas. ¿Y la curiosidad?

—Eso es privativo de los que garantizamos el orden.

Se permitió una pausa para hacer como si buscase algo en los cajones; me miró interrogativamente, le tendí mi petaca y, una vez apaciguado por las voluptuosidades del humo, sonrió y a modo de justa correspondencia se dio a conocer: su nombre era Antar, un nombre heroico, dijo, aunque es posible que él no lo fuese.

¿A qué venían tantas reticencias irónicas? Ni una sola vez me había llamado barón, y en aquel polizonte tosco pero astuto aquello era muy significativo. Mientras los dos veíamos convertirse en cenizas nuestros cigarros me dediqué a observarle cautelosamente como una exagerada muestra de la fauna local.

—Aparte del gusto de compartir mi tabaco con usted, ¿puede decirme porqué me ha convocado? —dije sin levantar la voz—. Si es algo de cierta gravedad tendré que ponerlo en conocimiento del señor cónsul de mi país.

—Vicecónsul, solamente vicecónsul. El consulado austríaco más próximo está lejos. Aunque creo saber que ha omitido usted la formalidad de inscribirse en él a pesar de que lleva ya varios días entre nosotros.

—Descuido que siempre estamos a tiempo de remediar.

—Hay otros descuidos— suspiró hinchando los carrillos.

—¿No podría...?

—¿Aclarárselo? No cuente conmigo, detesto aclarar las cosas, en seguida se complican.

—Esto es una gran verdad— repuse cada vez más divertido.

—Ustedes, los ingleses, son los amos, los que mandan... Perdón, olvidaba que usted es ciudadano austríaco. ¡Habla tan bien inglés!— pareció que rumiaba un chiste que no podía contar por decencia.

—¿Me ha llamado para ese asunto banal?

—Banal no sé, ya veremos, depende —dijo dándoselas de misterioso—. Además, hay un lío de identidades, nadie acaba de confirmar con certeza quién es usted, se habla de cierto individuo español, pero, en fin, no están seguros, nadie está seguro de nada— y exploró a tientas la despoblada superficie de su mesa con la ilusión inútil de encontrar algo.

—Cada vez es más difícil tener la plena seguridad de algo.

—Veo que me comprende.

—Si hay alguna tasa municipal que abonar— sugerí.

—En nuestro amado país siempre hay cosas que abonar, gracias a eso sobrevivimos; como usted dice muy bien, tasas municipales, exacciones... Nos abruman con gabelas, creo que se dice así. Gravámenes —añadió dispuesto a lucir todo su léxico—, ¿no es esta la palabra?

—Puede. ¿Cuánto importan en mi caso?

—Vamos a ver... Creo recordar que diez táleros, ¿le parece mucho?

Puse al alcance de su mano diez monedas de plata con la opulenta figura de la emperatriz, y vi que no conseguía disimular su mal humor por no haber pedido más. Pensé que era el tercer chantaje que me hacían desde mi llegada y esperaba que fuese el último. Se quitó el gorro para acariciarse el cabello y luego contemplar los dedos pringosos.

—Ahí tiene— dije.

—¿Qué sensación produce ser rico?— preguntó dulcificando su cara de mono con una mueca de curiosidad infantil.

—Uno se acostumbra a todo. Si durante mi estancia aquí, que espero sea breve, hay más tasas municipales, no deje de decírmelo, quiero estar dentro de la ley. Siempre que la ley no sea abusiva.

—Claro, claro. ¿Le importa que le mande el recibo al Richmond? Aquí no dispongo...— abrió los brazos para abarcar su oficina, como si estuviéramos en pleno desierto.

—Confío en usted; un funcionario probo es una joya en estos tiempos que vivimos.

—Lo es —afirmó—. Aunque como dice el sabio toda honradez viene a ser como una hipótesis, no me atrevo a decir que va más allá.

—Su prudencia está justificada. ¿Puedo irme?

Repitió las operaciones de antes, abriendo y cerrando cajones, como si buscara algo que no conseguía encontrar, pero como aún le quedaba medio cigarro y no fue más explícito, no me di por aludido. Parecía retrasar la despedida, saboreando su silencio tal vez amenazador mientras manoseaba mis papeles.

—Cuando guste —dijo por fin levantándose—, pero ande con tiento, sabemos que va a suceder algo. Quiero decir algo desagradable... para todos.

De uno de sus cajones sacó un bulto envuelto en un pañuelo y me lo mostró para que viera que contenía una paloma degollada. Supuse que era otra de las estratagemas de Scott-Grey, aunque pensándolo bien, seguramente había que atribuirlo a la fértil imaginación un poco malsana de la novelista.

—Es una pena— comenté.

—Me mandan estas porquerías, ya ve, a mí y a otros a lo largo de esta parte del río, según creo. ¿Usted no lo ha recibido?

—No.

—Pues lo recibirá. Hace usted más cosas raras de lo que es conveniente. Un ejemplo, vagar de noche por los alrededores de lo que queda del polvorín.

—Me doy por enterado.

—Otra pregunta, ¿conoce a un francés que se pasea por ahí?

—Es posible— repuse precavidamente.

—Un vagabundo...

—No, entonces no es el mismo.

—Mejor para todos. Anoche también rondaba el polvorín, y no nos gusta nada.

—¡Qué me dice!

Me imaginé a aquel andrajoso que había vuelto a ver en el huerto de la iglesia, santiguándose sin cesar como si tuviese que ir exorcizando a una legión de demonios interiores que le atormentaban, y empeñado en imitar el estornudo del camello en la oscuridad. No, decididamente no encajaba, el Hombre Gris no podía ser él.

—No se inquiete, tengo el caso bien amarrado— me informó, aunque saltaba a la vista que no era así.

Como si quisiera seguir reteniéndome, Antar me hablaba ahora de Jorge IV, rey que tenía todas sus complacencias. Quién fuera inglés, parecía decir con su devoción. Imitó de un modo grotesco la actitud del grabado buscando un imposible parecido, y me dijo que era un gran admirador de los ingleses, gran pueblo, gente extraordinaria.

En éstas entró un indolente policía medio uniformado para darle una noticia, y los dos se pusieron a discutir. Antar le despidió con un gesto desabrido cediéndole la colilla de su cigarro, y luego se volvió hacia mí para preguntarme si por casualidad conocía a Mrs. Leforest.

—A ella y a su sobrina— dije.

—Pues ha desaparecido.

—¿Cómo que ha desaparecido? ¿Miss Kilkenny?

—No, no, si se lo acabo de decir, usted no entiende nada —parecía desesperarse de tener que tratar con un extranjero tan obtuso—. Me refiero a Mrs. Leforest, la vieja. La han secuestrado, se la han llevado, no se sabe, ya no está en su casa. Lo más probable es que mañana la encuentren muerta en el desierto— añadió ominosamente mirando de reojo el cadáver de la paloma.

Al cabo de unos minutos Antar, su gendarme y yo subíamos a una carretela que no sabía avanzar si no era a costa de un infernal traqueteo. Nos cruzamos con el velocipedista que adiestraba al doctor Watson en el uso de la máquina, dándole instrucciones que el otro, contemplando aterrado desde la altura de la rueda la distancia que le separaba del suelo, hacía lo posible por seguir con una cara de mártir capaz de conmover a las piedras.

Pedí al doctor que nos acompañase por si eran necesarios sus servicios, sugerencia que Watson acogió como una liberación, el sportman quiso unirse a nosotros, y al no caber en el coche nos siguió pedaleando en el velocípedo, que también podía servir para misiones humanitarias, dijo, tragando todo el polvo que levantaba la carretela.

Vi que el gendarme metía la mano en un bolsillo de la chaqueta de Antar, deduje que con el propósito de sacar tabaco, su superior le sacudió un revés, pero el otro sin desalentarse insistió confianzudamente, hasta que discutieron de nuevo en medio de un olvido absoluto del posible significado de la palabra disciplina.

—Es primo mío —se me disculpó Antar—. Tengo demasiados primos, son incontables como ratones. Y todos impertinentes y desobedientes.

—Por eso quiere reprimir la indocilidad.

—Claro. ¿Usted no tiene muchos primos?

—No recuerdo.

—Los primos complican la vida, pero cuando hay problemas son como boyas en un mar de naufragios.

Watson, que aún no se había recuperado de su experiencia velocipédica, no entendía nuestra conversación, ni tampoco acertaba a entender que una persona pudiese esfumarse de aquel modo; en el Afganistán, dijo, a pesar de la guerra y de las intrigas de los rusos, que azuzaban a los rebeldes y que uno acababa encontrando hasta en la sopa, había una seguridad mucho mayor.

Antar entonces quiso saber qué tenía que ver la sopa con todo aquello, Watson no se lo aclaró suficientemente, lo de los rusos quedó flotando en el aire, y así, hechos un manojo de incertidumbres e incomprensiones, llegamos a la casa de Mrs. Leforest, que encontramos cerrada y atrancada como si se dispusieran a resistir un largo asedio.

En el interior noté que el suelo crujía, una finísima arena lo estaba invadiendo todo, y los muebles de caoba y de palisandro, traídos de muy lejos, tenían un brillo mortuorio. En mi memoria Mrs. Leforest miraba ansiosamente una y otra vez aquella arqueta de cedro que iban a consumir las llamas y que aún parecía perfumar el aire.

—¿Cómo se siente?— pregunté de la manera más tonta, porque saltaba a la vista que Patricia Kilkenny no se sentía nada bien.

—Ya ha pasado la llorera; le agradezco que haya venido.

—¡Cómo no iba a venir!

—Es usted la coqueluche de las damas, y yo no soy tan original como una novelista; ni tan misteriosa.

—Por desgracia han entrado ustedes en pleno misterio.

—¡Pobre tía Lizzie! ¡Ella que decía que Séneca se había curado de la tisis viviendo aquí! ¡Oh, debo de estar horrible!— añadió sin transición, tapándose los ojos enrojecidos con ambas manos.

Con un gesto inconsciente alisaba los bajos de su

falda, aquel mismo traje con polisón que llevaba en el vapor. Cuando Watson le tomó el pulso la oruga del zurcido de la manga volvió a hacerse visible y hasta me pareció que se movía hacia la delicada muñeca que el médico apretaba con dos dedos.

Recomendó tisana con unas gotas del elixir de Ellis Noodle, pero nadie había oído hablar de aquel elixir, Watson acabó conformándose con simple coñac o algo parecido, y yo intervine para pedir que además trajesen unos emparedados de roast-beef o lo que hubiera en la cocina, y me volví hacia ella.

—Tiene apetito, ¿no?
—¿Está mal?— confesó ruborizada.
—¿Porqué va a estarlo?
—La verdad es que estoy desfallecida.

Antar iba de un lado a otro interrogando a los criados y dándose importancia, pero nadie parecía querer colaborar, y Dinah, cuya cara tenía como reflejos de sartén, daba explicaciones huecas que desesperaban al policía, cuyo mal humor se desbordó en improperios.

Según Dinah, la noche anterior había ayudado a desvestirse a Mrs. Leforest y no la había vuelto a ver. Aquella mañana las alhajas seguían en el joyero —lo cual era un dato—, pero ella ya no apareció por parte alguna, era todo lo que podía decir. Como si diese a entender que se había hecho humo igual que su arqueta de cedro.

Antar se empeñó en hacer lo que él llamaba una inspección ocular en el escenario de los hechos, la alcoba de la desaparecida, pero debió de advertir en mi cara un escepticismo que le pareció impertinente, y cuando se disponía a recordarme algo desagradable tropezó con un brasero de barro.

Desde el rellano de la escalera Scott-Grey le llamó al

orden imponiéndole silencio, como si estuviéramos en una visita de pésame, convencional pero obligadamente apesadumbrada, y en seguida noté que el policía se mostraba de una sumisión perruna ante el inglés.

—Hay un reportero en los oasis, quiero saber qué hace allí— dijo Scott-Grey imperiosamente a un Antar cuya estatura se iba haciendo cada vez más pequeña ante su interlocutor.

Me alejé unos pasos para que hablaran a solas y en un rincón descubrí a Petitfils cuchicheando con Dinah, a la que trataba de vender una especie de betún aromático no sé si para el cabello o para la piel. Pensé que era inevitable la reaparición de los mismos personajes, como una compañía escasa de medios en la que había que aprovechar a los actores y hacerlos salir una y otra vez a escena para dar idea de un nutrido elenco.

—Sólo nos faltaban corresponsales de prensa —me comentó abandonando en manos de Dinah el frasquito negruzco—, gente indeseable que cree tener el sagrado deber de informar. Ellos, los derviches y ahora eso de los tesoros ocultos que lo complica todo. ¡Pobre Mrs. Leforest, venía a hacerle una visita de cortesía y me encuentro con que nadie sabe dónde está!

—¿La conoce usted?

—Yo conozco a todo el mundo —respondió casi ofendido—. Conocer es vender.

—Y supone que lo del reportero...

—Dios me libre de suponer, yo sólo he visto a un plumífero en los oasis tomando notas, me ha parecido raro y dadas las circunstancias tenía que avisar a las autoridades.

—No sabía que Míster Scott-Grey fuese una autoridad.

—Mon ami, no sea usted quisquilloso, aquí hay más espías que piojos, y hay que saber manejarse con la situación.

—¿O sea que usted también espía?

—Pero muy poquito, cuando no tengo otra cosa que hacer, una ojeada por aquí, otra por allá, nada serio, lo mío es el comercio. Y si puedo ayudar a que encuentren a Mrs. Leforest... ¡Ah, estas damas son irreemplazables, con qué perfección las produce Inglaterra!

Y sin dejarme volver a abrir la boca, siguió hablando sin tregua ni compasión, aunque sin levantar la voz, como en un velatorio, y me informó de que venía de vender artículos de París a los beduinos, entre los cuales, contra todo pronóstico, se había hecho una clientela que, ma foi, n'était pas mal du tout.

—¡También los beduinos!

Fue una imprudencia por mi parte, aquello era darle pie para largas explicaciones, y se apresuró a describirme el lugar donde había estado en los últimos días: un bosque de palmeras en mitad del desierto, un enorme patio cuadrado en cuyo centro crecía un sicomoro de verde tronco y frondosas ramas, y las bocas negras de los pozos en semicírculo.

Beduinos con casquete blanco encima de la cual se arrollan la faja de algodón del turbante, y una capa negra, todo muy vistoso, como unos moros de teatro, vigilando un cargamento de barras de sal para vender en el sur. Porque aquella gente también sabía hacer negocios, por eso había sido fácil entenderse.

Más allá de los muros, siguió como si me recitara un monólogo, la tierra es un perpetuo gemido, dunas que el viento modela caprichosamente en forma de asas, y el horizonte sumergido en una corona de polvillo de arena que levantaba el viento, arremolinándose para fingir visiones de la soledad.

El jeque le dispensó los honores de una solemne recepción, convidándole a sopa de arroz, palomos, huevos duros, vaca con arroz, más arroz blanco, asado de ternera y algo sencillo pero sublime, me dijo, il fallait y penser, pepino con miel, tenía que probarlo en la primera ocasión que se me presentase.

—Sí, pero...

—Usted se preguntará cómo fueron las ventas, se lo diré en dos palabras, muy satisfactorias. A la izquierda del patio había un edificio de ladrillo con celosías, y detrás unas cobrizas beldades que vestían telas de color azul, con el cabello recogido en pequeñas trenzas. Ah, créame, se ha calumniado a los beduinos, sobre todo a ellas, tienen buen gusto, saben apreciar los productos cosméticos... No como ciertas amistades suyas, por ejemplo, Miss Bloomfield, mujer que reconozco que se sale de lo corriente, pero que no tiene el menor interés en hermosearse.

> Elle était sage comme une image,
> je crois qu'elle était d'Epinal,

tarareó muy bajito, maliciosamente, con música de vals, aunque en seguida comprendió que no era el momento adecuado para bromas, y volvió a su tema de la hospitalidad de los oasis y de las sospechas que despertó en él, aun sin saber nada todavía de la desaparición de Mrs. Leforest, el insólito repórter, tomando notas en su bloc de todo lo que pasaba bajo las palmeras.

—¿Ya no recuerda que teníamos una cita?— le atajé para evitar que aquello se prolongara hasta el infinito.

—¡Ah, sí! Verá, al cabo de media hora me ofrecieron

llevarme con los beduinos y pensé que lo de las tarjetas podía esperar. Una vez allí, rodeado de la majestad mística del desierto, ¿usted ha vivido alguna vez en medio de la majestad mística del desierto?

—Pues no.

—No sabe lo que se pierde. Imagine unas noches...

—Por favor, ¿de qué hablábamos?

—Cambié de parecer, usted no se lo merecía. Claro que no es barón, porque en este mundo no hay justicia, pero tendría que serlo. Ahora que ya somos como viejos amigos, si yo le contase lo que pasaba en el palacio de los Wolkenstein-Trotsburg... Verdaderas abominaciones, estoy convencido de que usted lo haría mucho mejor. Olvide lo de las tarjetas, era una idea ridícula, sólo le pido que si me invitan a otras soirées me presente como hombre de toda su confianza.

—¿Está seguro de que habrá más soirées? El ambiente se enrarece cada vez más.

—Claro que las habrá. Los derviches están lejos, Mrs. Leforest tarde o temprano reaparecerá sana y salva —andará por ahí buscando tesoros ocultos, ya sabe cómo son esas viejecitas—, y para celebrarlo volverán a organizar alguna fiesta. ¿No ve que aquí la gente se aburre como cocodrilos?

—Por cierto, ¿a qué se debe que en el río no viéramos ninguno durante el viaje?— pregunté aprovechando la ocasión.

—Deberían de estar en alguna soirée. No se preocupe, todo irá bien, todo problema está destinado a solucionarse. Y usted es alguien por estas tierras, representa al beau monde, o se lo imaginan, lo cual viene a ser lo mismo. Hay algunas personas que saben más de la cuenta acerca de su pasado, pero qué importa, usted sobrepóngase, bueno, a lo que tenga que sobreponerse. Todavía es barón y por mí lo seguirá siendo hasta que se canse.

—De todos modos...

—Mais oui, mais oui, ya sé que a veces piensa que esto no es vida, pero reconozca que también usted se la ha complicado con alguna que otra travesura en cuyo detalle prefiero no entrar. De todos modos, como usted muy bien acaba de decir, todo tiene sus compensaciones. Yo he tenido el placer de conocerle, quizás usted haya conocido a personas interesantes... A propósito de una consulta que me hizo, tengo que rectificar: la reseda es un perfume clásico, para él no existe el paso del tiempo ni las modas. Le réséda c'est pour toujours. ¿En qué estaría pensando cuando me lo preguntó?

Y se despidió con un saludo de siervo de la gleba. Patricia Kilkenny, delante de una fuente de emparedados, sorbía té y conversaba con el sportman, que ponía una cara afligida que debía de considerar la máscara social más decorosa en circunstancias tan imprevisibles como aquéllas. Existían fórmulas para dar el pésame, pero ¿qué había que decir cuando alguien desaparecía sin dejar rastro?

Salí al porche donde Scott-Grey cargaba su pipa con el fin de ayudarse en su labor de pesquisa y concentración apuntando al suelo con su aguileña nariz, como si se dispusiera a olfatear alguna pista que sólo eran capaces de descubrir su privilegiado cerebro y aquel sensible órgano olfativo.

—Eso de la desaparición, ¿no será uno de sus trucos?— le pregunté sin más preámbulo para salir de dudas.

Por la mirada asesina que me dirigió comprendí que iba en serio y que no formaba parte en ningún plan maquiavélico que él hubiese podido idear. Me señaló un paquete sobre una mesa y al desenvolverlo me encontré con una paloma degollada igual que la que había visto en la oficina de Antar.

—Mrs. Leforest la recibió anoche— dijo entre dientes.

—O sea que el Hombre Gris por fin da señales de vida. No pueden quejarse, todo sale a pedir de boca... con tal de que no le ocurra nada a Mrs. Leforest, en cuyo caso...

—Usted no se meta en este asunto— silabeó rabioso.

Las investigaciones parecían haber terminado con poco fruto, teníamos que irnos y yo propuse que Patricia Kilkenny se instalase en un hotel de la ciudad para estar más segura, argumentando que no era prudente que se quedase sola con los criados en aquella casa de las afueras.

—El miedo no empaña mi corazón —dijo ella negándose—, aquí le veréis brillar bajo el sol implacable de las batallas.

—Eso será de Shakespeare, pero ¿de verdad no tiene miedo?

—¿No sabe que una irlandesa nunca dice sí?

Su silueta desapareció entre el polvo que el velocipedista, que pedaleaba animosamente detrás del coche, lleno de espíritu deportivo, iba tragando desde la altura de la rueda colosal. Al lado de la actriz, que contemplaba absorta los botones de sus zapatos, Dinah era una imagen enigmática y poco tranquilizadora.

—Hagamos las paces —se apresuró a decirme Antar en tono conciliador—, y le diré algo que puede interesarle: ha desaparecido un tintorero llamado Sayed.

—Todo el mundo desaparece— hice constar.

—No todo el mundo —protestó—, pero algún que otro ciudadano sí. ¡Qué le vamos a hacer!— dijo con fatalismo.

—Decía que un tintorero... —y saqué mi petaca, de la que Antar y su primo extrajeron sendos cigarros.

—Sí, hay tintoreros para todos los gustos —comentó dirigiéndome una mirada dormida y abismal—. Como suele decir cuando las cosas se ponen feas Míster Scott-Grey, los vencejos no saben gorjear— añadió ante la horrorizada expresión de Watson, que debía de suponer que todos estábamos locos.

Y seguramente lo estábamos, pero fueran cuales fuesen las habilidades cantoras de los vencejos, y tanto si el melón curaba la melancolía como si no, yo no estaba dispuesto a quedarme cruzado de brazos, di la excusa de que tenía que hacer unas diligencias, y una vez en la población bajé del coche para dirigirme a pie a la mezquita de ladrillo.

La tintorería de Sayed estaba cerrada y ante la puerta un grupo de mujeres lloraban desconsoladamente detrás de sus velos; pregunté por él pero nadie pareció entenderme, e incluso tuve la sensación de que en vez de llorar estaban riendo y que fingían mal extraños e inverosímiles hipidos.

Entonces decidí que por una vez sería yo quien buscase al tuerto, y fui a la explanada que había junto al río; paseé por allí como un desocupado más, sufriendo el asalto de mendigos y golfillos, y me dediqué a repartir entre todos monedas y vagas promesas indicando que buscaba a alguien.

Todos daban las gracias, me colmaban de bendiciones en nombre de Alá y seguían holgazaneando en busca de otros turistas generosos y estúpidos, aunque alguno hubo que me tomó por pederasta y me ofreció servicios inaceptables, hay que reconocer que por un precio al alcance de todas las fortunas.

Por fin un arrapiezo a cambio de una comisión me condujo hasta una esquina donde me hizo esperar. No tardó en aparecer el tuerto, y a mis preguntas sobre el tintorero y Narambi se limitó a encogerse de hombros y a decir que habían surgido complicaciones y que había que ponerse en manos del Destino.

Le estimulé con unas monedas que se embolsó en silencio y vi que volvía a tender la mano, indicándome que estaba dispuesto a venderme un secreto que tenía que ver con mis amigos. ¿Mrs. Leforest? No, de ella no podía saber nada, dijo. Y de repente, como en un rápido truco de ilusionista, sacó de sus holgadas vestiduras un revólver y lo apuntó a mi pecho.

En seguida me lo alargó por la culata mencionando los táleros que pedía por él con munición incluida, y en su mano izquierda vi aparecer como por arte de magia un puñado de balas. Le di el doble de la suma que había pedido y se despidió prometiéndome que al día siguiente recibiría noticias suyas en el hotel.

—¿Qué amigo es éste?

—Gran secreto y gran peligro— me respondió escuetamente, y dio media vuelta.

En el Richmond, cuando me dieron la caja que estaba esperándome, supe lo que contenía: una paloma sin cabeza. El cuerpo todavía estaba tibio y acaricié pensativamente el plumaje ensangrentado que era de color gris sucio, pizarroso, como el cañón de mi revólver y como la luz filtrada por las nubes que entraba por el ventanal.

VI

Aún era noche cerrada cuando me despertó el mugir del tubo acústico, pero al descolgarlo no obtuve ninguna respuesta, solamente un eco ronco que acabó por enmudecer; al ir a acostarme de nuevo vi en el suelo un papel que debían de haber introducido por debajo de la puerta. HAKIM BAZAR ponía en letras muy torpes con tinta rancia.

El secreto que había comprado el día anterior sin saber lo que compraba y que hacían llegar a mis manos con cierta teatralidad. Quizás el escondrijo del Hombre Gris o la dirección de alguien que podía saberlo todo, aunque no estaba muy seguro de que yo quisiera saberlo todo, ¿para qué?

Al fin y al cabo mi relación con lo que estaba pasando era accidental y más bien confusa, yo lo único que quería era irme cuanto antes a Narambi, y en pocos días se había ido acumulando obstáculos, chantajes, amenazas, desapariciones y hasta aquella paloma de mal agüero. Busqué el revólver debajo de mi almohada.

Comprendía que mi deber era comunicárselo a Miss Bloomfield, pero no me sorprendió lo más mínimo comprobar que no estaba dispuesto a decirle nada. Una mujer de su calibre, que desde luego no se parecía a las demás, que ni siquiera parecía un hombre, tenía que descubrir las cosas por sí misma.

A aquellas horas mi vecina de cuarto debería de estar durmiendo a pierna suelta al otro lado de la pared en su fatigada cama, y la imagen de la escritora en camisón o en paños menores, por fortuna invisible desde la grieta, como una monumental sultana protegida por el mosquitero, me produjo un escalofrío de horror.

Encendí una vela, me despabilé con un poco de agua y después de vestirme me metí el revólver dentro de la camisa. El aire de la habitación era tibio y pegajoso, y andando casi a tientas tropecé en el espejo con mi tenebrosa caricatura, que tenía los desencajados rasgos de un fantasma familiar que también acababa de despertarse con susto.

Escurridizos chafarrinones de un paisaje nocturno, barrancos de sombra, espacios resplandecientes de blancura con corrimientos de luz, territorios sombríos que perdían sus límites en la oscuridad bosquejando formas de una calavera que en lugar de los ojos tuviese dos lagos agitados por el destello del cristal de las gafas.

Luego estuve contemplando la noche, que entre las acacias de la calle me pareció de musgo, suave y blanda, palideciendo poco a poco, camino ya de convertirse en una misteriosa transparencia. Por oriente en el cielo se extendía un color de confitura de grosella, como un antiguo recuerdo infantil cada vez más próximo que viene a salvarnos del miedo.

Desde el hotel eché a andar hacia el barrio de los bazares y me metí en un dédalo de callejuelas empedradas de guijos, con maromas de azotea a azotea para tender los toldos que en las horas de más calor protegían del sol; me saludaban los gallos mientras iba cruzándome con madrugadores que no levantaban la vista del suelo, abrumados aún por un sopor invencible.

Cuando los gallos enmudecieron se oyó el lamento de un almuecín invitando a la primera oración del día en honor de Alá el misericordioso. Dios es grande, Dios es grande, y vi que la gente interrumpía sus quehaceres para dirigirse a la mezquita, de cuyo esbelto alminar surgían ahora bandadas de pájaros.

Tomé un par de mokas en un café tempranero y me indicaron el camino hacia el bazar de Hakim. Hubo que adentrarse en lugares cada vez más angostos y avanzar sorteando guardacantones, tenderetes, montañas de cestas, pordioseros o vagabundos acurrucados. Al fondo, a lo lejos, el río brillaba como un adorno fulgurante de la mañana.

Tropecé con un enorme camello aposentado en medio de la calle, meditabundo, con aire de fatiga adormilada, a manera de un monumento vivo que como atracción ya justificaba el viaje de los clientes de la Agencia Cook. Las moscas zumbaban ante sus ojos sin conseguir arrancarle de su indiferencia universal, profunda como el vacío.

De pronto en una esquina me cortó el paso un gendarme soñoliento que me ordenó por señas que retrocediese; cuando le dije que me había llamado el jefe Antar para hacer unas comprobaciones en el bazar de Hakim, se quedó quieto como dándome a entender sin comprometerse que hiciera lo que me diese la gana, y seguí adelante.

Me detuve ante una puerta descerrajada y abierta de par en par. Estaba claro que la policía compartía mi secreto, que ya debía de ser del dominio público, y ahora era yo quien quería enterarme. Hubo que bajar tres escalones hasta un patio inmenso que tenía al fondo un salidizo enrejado.

Era una tienda de alfombras que se apilaban hasta la altura de un hombre, en el suelo o colgadas de cuerdas suspendidas de las vigas del techo, sobre la baranda de la galería y amontonándose desordenadamente en los bancos, como después de haber sido exhibidas a posibles clientes que no se habían decidido a comprar.

Alfombras de todas clases y tamaños, muchas de ellas sucias y rotas, presumiendo quizá de una antigüedad venerable más o menos ficticia. Con ingenuos leones color de albaricoque, gacelas verdes o aguamarina de espantados ojos, zarcillos negros, flores que estallaban en imposibles azules, islas de luz extraña en el mar de la urdimbre.

Había ríos como de sangre corriendo en zig zag hacia los flecos, hileras de pájaros pasmados en su rigidez esquemática, arabescos vegetales, orlas, cruces, cenefas, ruedas que parecían arder y llamear, frutos como soles de color deslumbrante en la plenitud de un jardín nunca visto, fieras corrupias con alas entre surcos plateados.

Debajo de todo aquel esplendor polvoriento podía aparecer el cadáver de Mrs. Leforest, tal vez degollada como las palomas, pero deseché tan macabra idea. ¿Y si fuese el escondrijo del Hombre Gris, oculto por la misma lividez de su nombre en medio de aquella orgía de colores fantásticos?

Me dirigí hacia el centro del patio, donde por la rejilla de un sumidero salían emanaciones nauseabundas; la claraboya del techo dejaba entrar una luz cárdena. Se oyó un agrio maullido como el chirriar de una puerta, pero en vez de un gato fue una rata gordísima y asustada la que brincó ante mis pies en busca de refugio.

Antar acababa de abrir las rejas del salidizo hecho una furia, haciendo en mi honor las más indignadas gesticulaciones que me parecieron verdaderamente simiescas. La ira se le agolpaba en la garganta, atragantándose sin conseguir articular unas palabras de reproche y condenación.

—¿Qué hace usted aquí? ¿Por qué está siempre donde no tiene que estar? ¿Por qué se mete en todas partes?

—Como pago tantos tributos me creo con derecho a curiosearlo todo.

—¿Quién le ha dicho que viniera? ¿Quién le ha avisado?

—Alguien que podía decírmelo —contesté con aplomo, y añadí a ciegas—: Y que quizás esté por encima de los dos.

De la calle entraron dos niños zarrapastrosos que se pusieron a jugar al escondite entre risas, y después de dirigir una mirada irrespetuosa al representante de la ley, que seguía en las alturas asomado al salidizo, sopesando la parte de verdad que podía haber en mi bravata, orinaron en un rincón sobre un altivo pavo real que era un mosaico de todos los colores.

Los gritos coléricos de Antar, que bajó apresuradamente, resonaron en todo el edificio sin que nadie acudiera, y los dos pilletes salieron a escape. Ahora estaba frente a mí, mucho más calmado, previendo quizá futuras gabelas o analizando la posibilidad que yo acababa de insinuar para intimidarle.

—Usted no debería estar aquí— dijo por fin mansamente.

—Muy cierto, debería estar en Narambi, pero ya sabe lo que pasa. Los derviches, los tintoreros... La vida es así.

—La vida es como la hacemos —me corrigió—, y además a mí no me venga con esas explicaciones, yo no sé nada.

—Acaba de decir una gran verdad. ¿Prefiere disculpas en papel sellado?

—¿No será usted...?— dijo después de una pausa meditativa.

—No sé a lo que se refiere, pero imagino que sí— contesté por pura maldad y sin más objeto que intranquilizarle.

—En ese caso...

—Nunca tan bien dicho.

—Puedo considerar su presencia aquí como fortuita y en cierto modo exigible por las circunstancias.

—Da gusto explicarse con usted, es buen entendedor.

—Lo da el oficio.

Sonreía con aire taimado, creyendo adivinar alguna intrincada y absurda situación de la que yo era protagonista. Tal vez me supuso agente secreto o algo así, me indicó con un ademán benévolo que podía hacer lo que quisiera y desapareció por una portezuela gritando como un energúmeno en busca de despavoridos policías que seguían obstinándose en no dejarse ver.

Subí por las escaleras hasta la galería, y allí esparcido en el suelo estaba todo un muestrario de armas: fusiles Beaumont, carabinas Terry and Sharps, rifles Enfield y Martini-Henry, revólveres Webley de calibre treinta y ocho, idénticos al que yo notaba pegado a la piel como un reconfortante tacto.

Más allá, ametralladoras Gatling, un poco herrumbrosas y anticuadas pero no sin una peculiar belleza metálica de monstruos fríos a los que era peligroso despertar de su sueño, al lado de las Gardner, las Remington, las Smithson y hasta un modelo Nordenfelt, con un folleto de instrucciones donde se precisaba que podía hacer doscientos disparos por minuto.

Un buen arsenal que completaban cartucheras y cajas

de municiones. Y muy cerca, bien enfardelados, paquetes de café, té y galletas, carne salada, pemmican, aguardiente, cajas de agua con veinte galones cada una. La provisión de agua me hizo suponer que la entrega de todo aquello se preveía inminente.

Encima de la Nordenfelt, en difícil equilibrio, como un bibelot que pusiese una nota de inesperado adorno a todo aquello, había una figurilla negra y brillante en la que reconocí el escarabajo que habían querido venderme como amuleto. Su presencia allí tenía que significar algo, ser una señal.

Ahora en el patio volvían a oírse voces, estaban interrogando a una mujer que llevaba líneas azules pintadas en los brazos y que no había interrumpido la tarea de enhebrar cuentas de un collar. Antar le preguntaba algo con mucha vehemencia, ella respondió con los ojos bajos, pausadamente, y el policía le dio una sonora bofetada y ordenó que se la llevasen.

Las cuentas se habían desparramado, brincaban por todas partes con un rebote cantarín, y los policías acabaron de dispersarlas a patadones. Antar, malhumorado, se acariciaba el grasiento cabello, y cuando estuve cerca de él vi que se sentía incómodo por el hecho de que yo hubiese presenciado la escena.

—Se ha insolentado conmigo. ¿No tendrá por casualidad un cigarro?

Se lo di mientras seguía con la vista la carrera de las cuentas, que los desniveles del suelo enlosado prolongaban hasta muy lejos.

—Ya he visto las armas de arriba —comenté—. Es un éxito, le felicito, han llegado a tiempo.

—Sí, pero seguro que hay más... Esa gente... Hay que

tratarles como se merecen —seguía preocupado por la mujer—. Hablaba como los del sur, ¿sabe?, y me ha dicho: Hoy cebolla, mañana miel.

—¿Y eso es grave?

—Usted no entiende nada, es un proverbio, quería decir que la suerte cambia.

—Tampoco entiendo lo del escarabajo que hay encima de una ametralladora.

—Todo el mundo trafica en antigüedades robadas, pedazos de nuestra historia —me aseguró enfáticamente—. O que podrían serlo, porque casi todo es falso. Puñalitos, fragmentos de ataúdes, estatuillas, escarabajos...

—Eso es.

—Bueno, lo de los escarabajos es un timo, son piezas nuevas que hacen tragar por un pavo para darles aspecto de vejez, aunque en Manchester también los fabrican muy propios.

—Lo imaginaba, pero ¿porqué hay un escarabajo con las armas?

—Sólo Alá lo sabe— contestó, creo que en un tono burlón.

Y se fue sin despedirse envuelto en humo. Yo me había fijado en ciertas cuentas que habían ido a parar rodando hasta unos pies que asomaban por debajo de una alfombra colgada que cubría el hueco de la escalera; allí descubrí una despensa con cacharros de cobre en la pared y botillería barata con líquidos de color verde lagarto. Disimulado en el escondite naturalmente estaba el tuerto.

—Tu información no valía lo que pagué por ella —le dije—, era un cartucho gastado.

—Tengo un secreto mejor.

—Es posible, pero esperarás a venderme la noticia cuando haya salido en los periódicos.

—Secreto grande —me advirtió—, muy secreto.

Creí sorprender una mezcla de ironía y de miedo en su mirada, había algo de verdad en todo aquello, pero también se estaba riendo de mí. Fue él quien quiso venderme un escarabajo. ¿Trabajaba para Antar, para Scott-Grey, para los derviches o para todos a la vez? Esto último era lo más probable.

—¿Sabes dónde está Mrs. Leforest?

—No. Es otra señora— dijo.

—¿Miss Kilkenny?

—No, otra.

—No me interesa.

—Puede morir.

—Todos vamos a morir según tengo oído.

—Pero ella muy pronto, efendi, muy pronto.

Sonreía con placidez, como ofreciendo la mercancía más tentadora que fuera posible encontrar en el mercado de vidas y de muertes, de destinos que podían modificarse depositando unas monedas en su mano, con la que ahora se tapaba la boca amordazándose a sí mismo quizá para no pronunciar antes de tiempo, antes del cobro, el nombre de una futura víctima.

—¿Cuánto vale tu secreto?

—No es bueno poner precio a la muerte.

—Como no das nada por nada...

—Sí, una cosa por nada: mucho cuidado.

Señaló mis botas y se agachó para indicarme en ellas la parte correspondiente a la puntera; luego puso su dedo sobre la franja colorada de una alfombra que nos servía de cortina ocultándonos a la vista de los demás. Su vocabulario era más bien pobre, pero le entendí perfectamente; me prevenía contra alguien que usaba zapatos con una puntera de aquel color.

Iba a hacerle una inevitable pregunta cuando noté una sensación extraña que al principio no supe identificar, pero que me sobresaltó. Entonces comprendí que se había hecho un súbito silencio, que Antar y sus gendarmes estaban alborotando con sus discusiones y que de pronto habían enmudecido.

Miré por un rasgón de la alfombra que cruzaba sinuosamente la cabeza de un demonio cornudo como una cicatriz, y vi en medio del patio a Miss Bloomfield; Antar le estaba hablando en voz baja mientras ella asentía, y a su alrededor los gendarmes adoptaban posturas marciales y respetuosas. Me volví hacia el tuerto, pero ya había desparecido.

Fui a reunirme con ella, sin que pareciera extrañarse de verme allí, y la acompañé hasta la galería superior, donde estuvo examinando las armas. No hizo ningún aspaviento ni prestó atención al escarabajo, lo revolvió todo y por fin, después de consultar la hora en el reloj de su faltriquera, propuso que fuéramos a comer algo.

—Creo saber que hay alguien que corre peligro— le advertí.

—Usted, por ejemplo.

—No me refería a mí.

—Pero habrá recibido la paloma.

—Anoche. ¿Conoce a un tuerto?

—Es posible.

—Según él hay una mujer...

—Conozco muchas historias que empiezan así. ¿Le ha sacado mucho dinero?

Al salir a la calle había ya varios soldados custodiando la puerta, y al ver a Miss Bloomfield todos le dedicaron un indeciso saludo, como sabiendo muy bien que era alguien de gran autoridad, pero sin medir el alcance exacto de sus atribuciones ni los honores que le correspondían.

Se detuvo para sacudirse ceniza del chaleco, todavía con un fósforo encendido en los dedos que acabó soltando al empezar a quemarse, y contempló pensativamente la redonda quemadura que se había hecho en la prenda, condecorándola para siempre con aquel medallón pardusco que dejaba ver la camisa blanca.

—Hoy no es mi día —comentó con un suspiro— ¡Qué lástima! Por cierto, ¿le gustan mis chalecos?

—Supongo que tienen su encanto— contesté con toda mi diplomacia.

—No sea hipócrita, son espantosos. Los usaba alguien a quien no quiero perdonar, y así no hay manera de que se me olvide.

Me hizo entrar en una especie de figón atraída por el aspecto de unas tortas de maíz con comino y de un escabeche que me parecieron poco apetitosos, y apenas probó cada uno de los platos, como si nada fuese de su gusto. Yo me acordé de los pichones rellenos de Petitfils, pero después de lo de las siniestras palomas me sentí incapaz, y me limité al café.

—¿No sabe nada nuevo de Mrs. Leforest? ¿Cree que su desaparición tiene que ver con el Hombre Gris?

—No estoy segura de que haya una relación, pero tal como van las cosas la habrá.

—Si alguna vez pudiera dejar de hablar en clave yo le quedaría eternamente agradecido.

—Quiero decir que es peligroso jugar a tesoros ocultos, que es a lo que se dedica esa buena señora —contestó mientras bebía un vaso de agua tras otro, sin duda por culpa del escabeche—. Claro que usted también tiene un tesoro oculto, y ésta es la razón de que podamos disfrutar de su presencia aquí, hasta podría decirle la suma aproximada. ¡Si supiese lo que enseña el telégrafo! La cantidad de mensajes contando secretillos, lo que pasó en Londres o en Bruselas y que no está de más que sepamos.

—O sea que no progresan —dije prefiriendo no recoger la alusión—, que siguen sin saber nada.

—Hemos estado siguiendo pistas falsas, Basil no se ha lucido en este asunto, pero la novedad más importante es que se ha quedado usted sin vicecónsul.

Entonces me resumió los hechos de aquella madrugada, mientras recibían el soplo de la tienda de alfombras (cuántas emociones a la vez, ¿no?): habían asesinado al vicecónsul de Austria-Hungría, a quien encontraron decapitado y con la cabeza clavada en una caña enhiesta de bambú; le habían metido en la boca la bandera que adornaba su despacho, asomándole por entre los dientes como una lengua desmesurada y multicolor.

Mientras arreglaba un pañuelo de encaje desmayado en su bolsillo, la escritora me contó que el vicecónsul era un mestizo que debía de hacer doble juego, que hacía tiempo que sospechaban de él, y que aquello iba a traerles muchas molestias, porque los embajadores se pondrían pesadísimos queriendo saber mucho más de lo que podía decírseles.

—¿No querían que saliese de su madriguera? Pues ya tienen suelto al Hombre Gris.

—Le confesaré que me ha decepcionado, esperaba de

él un poco más de sentido estético. En una de mis novelas había un crimen semejante, pero era mucho más bonito.

—No me deje con la curiosidad.

—El asesino decapitaba a una mujer y ponía su cabeza en un búcaro, entre lirios y anémonas, con la hermosísima cabellera desparramada sobre las flores y los ojos muy abiertos por el asombro de morir.

—Realmente, es difícil de mejorar, lo del vicecónsul me parece muy inferior como imaginación poética.

—Yo también opino lo mismo, celebro que por una vez coincidamos.

—Rebuscado y decadente, pero llamativo— opiné.

—No pretenderá que escriba vulgaridades como el señor Dickens, yo tengo dignidad profesional.

Renunció a seguir bebiendo más agua, me indicó con un gesto que pagase y volvimos a salir a la calle cuando el sol empezaba a calentar. Abrió su sombrilla y condescendió a contarme algo de las falsas pistas que habían estado siguiendo por culpa de Scott-Grey, me dijo, empeñado en desconfiar de los cómicos de las Parisian Varieties.

—¿Y todos son inocentes?

—Dentro de lo que cabe. No sea tan optimista respecto a la Humanidad.

Se paró en seco y me señaló ante nosotros los Jardines de la Reina, un descampado lamentable que no hacía honor a su nombre (¿dónde estaban los jardines?); una vez dentro, vimos una especie de galpón que iluminaban lámparas de petróleo, con bancos sin desbastar y cortinas laterales defendiendo simulacros de palcos.

En el suelo, una pizarra que tenía escritos con tiza los números de siete salmos, para cuando el local se usaba para fines más piadosos, y un cartel anunciaba que se permitía al distinguido público beber cerveza y fumar, aunque no en pipa. Ni un alma, y Miss Bloomfield se sentó en uno de los bancos como esperando que alguien acudiese a la cita.

De detrás del telón salió un tipo con frac y chistera que gastaba bigotes caídos y tristes; saludó muy amablemente a mi acompañante con fuerte acento americano, y se me presentó como W. H. Voodley, empresario, abrumándome con tonterías sobre sus experiencias en los mejores coliseos de los cuatro continentes.

—Puede ahorrarse la comedia, es de confianza— le interrumpió la escritora, empujándole hacia un rincón donde los dos se pusieron a cuchichear.

En seguida entraron unos músicos que se dedicaron a desafinar aburridamente al pie del estrado para luego destrozarme los oídos con lo que el programa que había dejado en mis manos el empresario yanqui llamaba, al menos eso pensé, El gran popurrí. Se abrió una trampilla y un hombre con un cucurucho fue desparramando serrín por el suelo, quizá para que los bailarines no resbalasen.

El contenido del programa era prometedor, y aquel telón arrollable como muchas estrelluelas de purpurina debía de ser el fondo ante el cual la señorita Minnie Hall iba a cantar poniendo los ojos blandos Two lovely black eyes, oh!, what a surprise! Decididamente aquella tarde tenía que volver para no perderme la función.

El programa anunciaba también la excéntrica farsa Justicia irlandesa, que debió de despertar recelos en Scott-Grey, números de gimnastas y de tiradores al blanco y a un Míster J. S. Romer en su gran caracterización femenina, además del juguete lírico I feroci romani, caricatura, según leí, de las óperas italianas.

En la segunda parte, el juglar indio, Lecciones de can can, baladas populares, el drama social de sensación en un acto Sexo misterioso o confusión de géneros, un ilusionista y la DANZA ELÉCTRICA a cargo de la señorita Elma Wollingdrope, una creación de la sin par Rosita Mauri en la Ópera de París.

¿Cómo sería aquello de la DANZA ELÉCTRICA según el sistema Trouvé? ¿Qué sistema era aquél? Imaginé una bailarina con joyas luminosas —diademas, collares y petos, aunque todo de similor— que contenían pequeñas lámparas incandescentes alimentadas por diminutas pilas eléctricas ocultas en los pliegues del cinturón.

Hilos metálicos forrados de seda conducirían la corriente hasta cápsulas de cristal que al encenderse podían dar una aureola fantasmagórica a la pedrería teatral de Miss Wollingdrope, quien en sus evoluciones por el escenario, hada o libélula refulgente, tenía que deslumbrar al público con aquella innovación que hermanaba al arte con los progresos de la ciencia.

¿Cómo habían ido a parar a aquel rincón del mundo aquellos faranduleros? No lo sabía, pero lo que se anunciaba era digno de verse, sin olvidar el cuadro plástico final en honor de Baker Pachá, con la pantomima patriótica de Las dos banderas y la participación de las señoritas Young y Murphy del Château Mabille de Nueva York.

El hombre del frac y la chistera había acabado de conferenciar con Miss Bloomfield, y ahora ella parecía tener mucha prisa por volver al hotel. Mientras buscábamos afanosamente un coche, una ráfaga nos trajo por el aire un papel arrugado y sucio que la escritora atrapó al vuelo y leyó con avidez.

—¡Qué asco! No puede una ir por la calle sin recibir mensajes secretos— exclamó.

—¿Malas noticias?— pregunté no queriendo manifestar un excesivo asombro.

—Si fueran buenas hubiesen utilizado un sistema menos idiota.

No dio más explicaciones, y llegamos al hotel donde pareció sentirse más segura, como si le hubieran comunicado que algún grave peligro podía acecharla fuera de las paredes del Richmond. Nos separamos en el pasillo y me dijo que si necesitaba ayuda no dudase en dar tres golpes en el tabique y que acudiría en el acto.

Abrí la puerta de mi cuarto refunfuñando que era más propio de mí que de ella el haber pronunciado aquella última frase, aunque ya era sabido que con Rebecca Bloomfield todas las cosas sucedían siempre al revés, pero interrumpí mis reflexiones al ver mi habitación literalmente devastada.

Los muebles volcados, la percalina de la pared hecha jirones, el tubo acústico cortado en el suelo, como una serpiente anillada y muerta, el baúl revuelto, el espejo roto, todos mis enseres dispersos sobre la alfombra... Lo único intacto era la puerta, lo cual significaba que habían entrado con llave.

Y envuelto en la colcha de la cama, el cadáver de un indígena con varias fuentes de sangre sobre el pecho. No recordaba haberle visto nunca. Fui hacia el baúl y después de hacer una comprobación elemental, di los tres golpes convenidos en el tabique y Miss Bloomfield no tardó en aparecer empuñando su pistolita.

—No puede vivir sin mí, ¿verdad que es eso?— preguntó burlonamente.

—¿Qué le parece el panorama?

Recorrió el cuarto mirándolo todo con mucha atención y en silencio, y luego se sentó en un sillón despanzurrado para el que su enorme peso debió de ser como el golpe de gracia. Con un cigarrillo en la mano izquierda y la pistolita en la derecha, quedó sumida en sus meditaciones.

—No me gusta— dijo.

—Como puede imaginarse, a mí tampoco. ¿Sabe quién es ese pobre diablo?

—No. Sólo puedo decirle que está concienzudamente apuñalado. Ha hecho un buen trabajo.

—¡Maldita sea! ¿Quién demonios ha hecho un buen trabajo? ¿El muerto o el asesino?

—El asesino, como usted dice, es un amigo nuestro, sería inútil que le dijera como se llama.

—Quiere decir que el asesino es una buena persona.

—Sí, eso quiero decir. Es usted lento de entendederas. Está fuera de lugar que compadezca a ese tipo de la colcha, porque él es quien lo ha puesto todo patas arriba, y sin duda tenía también la pretensión de matarle. O, mejor dicho, de matarme a mí, lo cual me preocupa mucho más.

—Lo comprendo.

—No comprende nada, es usted un barón de pacotilla que no tiene ni idea de lo que está pasando. Lo que quería decir es que ellos saben más que nosotros: el Hombre Gris sabe quien soy, y yo todavía no sé casi nada de él. Este asesino, amigo mío, me buscaba a mí. Lo que ocurre es que me tomé la libertad de hacer que en el registro del hotel los números de nuestras habitaciones estuvieran cambiados.

—¡Entonces la asesina es usted! ¡Hubieran podido matarme!

—Sí, claro —dijo con absoluta indiferencia, expeliendo una gran bocanada de humo en dirección mía—, pero como ve estaba bien protegido, alguien velaba por nosotros y en última instancia lo ha resuelto todo limpiamente.

—¿A eso le llama usted limpiamente?— señalé todo aquel caos que presidía el muerto.

—Me refiero a que en la habitación no hay ni una sola gota de sangre... de usted.

—Pero hubiera podido haberla, ha obrado usted de una manera criminal e irresponsable.

—Lamento decirle que en las presentes circunstancias tenía que actuar así, porque mi vida es más importante que la suya— afirmó con un cinismo al que no supe qué responder.

—Si usted lo dice...

—Efectivamente lo digo, y además es verdad. Ahora hay que desembarazarse cuanto antes de esta carroña de derviche, vaya a mi cuarto y diga por el tubo que los vencejos no saben gorjear.

—Eso lo tengo oído. ¿No me tomarán por loco?

—Es una clave estúpida que han inventado en Londres, pero ya verá cómo funciona. No diga nada más y espere diez minutos antes de volver aquí.

Seguí sus instrucciones y diez minutos después el cadáver había desaparecido, aunque necesitarían más tiempo para adecentar un poco el cuarto. Trasladaron mi equipaje a otra habitación que, como me dijo Miss Bloomfield, lamentablemente carecería de aquella grieta que ambos íbamos a echar tanto de menos.

—Que duerma bien, pero a partir de ahora ándese con muchísimo cuidado.

—Ya que me estoy jugando la vida me gustaría saber algo más de todo este embrollo.

—Cuanto menos sepa más fácil le será conciliar el sueño. Créame, yo tampoco sé mucho, y lo poco que sé está en abierta contradicción con el sentido común.

Al quedarme solo moví los resortes correspondientes del baúl y se abrieron los compartimentos secretos donde se apilaban soberanos con el rostro juvenil de Victoria, brillantes táleros de María Teresa —con velos, rizos, sotabarba, y detrás el águila bifronte— que lucía a plena satisfacción su egregia pechuga imperial.

Y los amadeos de cien pesetas con la barbuda testa saboyana, los áureos cinco duros del rey Alfonso y los diez escudos de su augusta madre, los duros de plata de Carlos VII coronado de laurel (¡ay, Don Teodoro!), los magníficos napoleones de cien francos con el perfil aquilino y la perilla del que fue césar de Francia.

Tout passe, tout s'en va, como hubiera dicho Petitfils, pero el brillo y el peso y el valor de aquellas efigies acuñadas permanecían inalterables. Los reyes morían o eran destronados, las reinas envejecían taciturnas en su viudez, los imperios se esfumaban, las majestades comían el pan amargo del destierro, pero sus retratos en metal noble eran eternos.

Volví a encerrar sigilosamente mi tesoro oculto y renuncié a reconstruir aquel rompecabezas de crímenes y desapariciones, de mercenarios, espías y agentes del gobierno. Sobre la mesilla de noche mi revólver brillaba en un vano intento de transmitirme seguridad; hice girar el tambor, todas las balas estaban en su sitio.

Hasta que me dormí con la cabeza hirviendo de fantasías e inquietudes, soñando con la muerte y con el amor, con caravanas y con Narambi, con un mar limpio, inacabable, sin límites, adornado por caminos de espuma, el mar de la huida y de la libertad que en mis sueños me llenaba los ojos de rutilante azul.

VII

—Si cierro los ojos me veo rezando porque lloviese en carnaval, que era una fiesta de pecadores. Por su propio bien había que pedir a Dios que la estropeara aguándola, pero casi nunca nos hacía caso. Mis hermanas y yo discutíamos interminablemente sobre si era pecado tener envidia a las que iban al baile, disfrazadas y creo que divirtiéndose mucho; o quizá no se divertían, justo castigo, ahora ya es tarde para averiguarlo, pero entonces todo eso eran desgarramientos de conciencia que no me dejaban dormir.

—Me parece muy bien, era una niña buena— aprobé.

—Nos habían enseñado a recitar con un sonsonete, para que no se nos olvidase: Satanás está contento cuando soy mala.

> Satan is glad
> when I am bad,

y la idea me producía escalofríos. Una mentira, por ejemplo, iba a provocar grandes risotadas en el infierno, e imaginaba a los demonios tiznados y peludos frotándose complacidamente las manos y desatendiendo sus calderas para ir a brindar con cerveza por mi perdición. ¡Y era tan difícil no decir mentiras!

—Me parece que la comprendo.

—Era terrible. Pero también creía a pies juntillas que en el Juicio Final san Patricio iba a tener el privilegio de juzgar al lado de Jesucristo a los irlandeses, que intercedería por todos y que iba a reconocernos porque cada cual llevaría en la mano un trébol.

—Por favor, no deje de creer en algo tan maravilloso— dije.

—Sólo me atormentaba el no estar segura de ser irlandesa, porque yo no había nacido en Irlanda ni había estado nunca allí. En el peor de los casos, si Satanás estaba muy satisfecho de nosotras y san Patricio tenía un descuido por no considerarme de su jurisdicción, o si en el valle de Josafat no había tréboles de que echar mano, hay que prever todas las posibilidades, siempre quedaba la Virgen Nuestra Señora, con quien nos unía un hilo invisible que no podía romperse, el de todos los rosarios que habíamos rezado en el curso de nuestra vida.

—¿Qué más ve?

—Si sigo sin abrir los ojos todavía veo aquellos desayunos de los domingos, cuando por excepción nos daban café en vez de té, y además bollos redondos de pasas y jengibre. En mi memoria los domingos huelen a café.

Sonreía de un modo evocador y misterioso, y el tintineo de las cucharillas y las tazas parecía salir de las profundidades de un tiempo muy lejano, de mañanas hechas de candidez y de ilusión, de aromas y sabores que resisten el paso de los años porque han impregnado el alma.

—¿Y si abre los ojos y mira a su alrededor?

—Veo una casa que no es la mía en un país extraño, y creo estar representando una comedia horrible y sin grandeza en la que la protagonista está sola y los actores desaparecen porque sí, y hay muertes y amenazas y guerras, y todo ocurre de una manera que no entiendo.

—¿No se le ocurre ninguna explicación para lo de su tía? Parece que estaba obsesionada con unos tesoros ocultos... ¿Recuerda lo de la arqueta de cedro?

—La cabeza no le regía bien.
—¿Se fía usted de Dinah?
—No lo sé. Lo que sí sé es que echo de menos a tía Lizzie y me siento culpable por haber regañado con ella tantas veces en los últimos días. La echo de menos y todavía oigo su voz diciéndome cosas un poco crueles: que pronto ya no podré hacer de Julieta o de Ofelia, que me darán el papel de madre de Hamlet y que no tardaré mucho en tener que conformarme con una de las brujas de Macbeth.
—Espero que no crea esas exageraciones. Sin cumplidos, es usted joven, y además estoy seguro de que es una buena actriz, y para los buenos actores no pasan los años.
—Pasan para todo el mundo, señor barón, si alguien le ha dicho otra cosa le ha engañado miserablemente.

Iba a protestar por lo de señor barón, pero me distrajo el ir y venir de Dinah, que fue encendiendo quinqués hasta dejarlo todo deslumbrante de bolas de luz. Fuera, la tarde declinaba con aquella brusquedad dramática a la que aún no había conseguido acostumbrarme.

—Con todos los respetos, su tía...
—Para ella yo era un caso perdido y sólo le preocupaba que no degenerase en lo peor. Solía decirme: No se te ocurra parecerte a Ellen Terry, piensa que una actriz es una actriz y una perdida una perdida. Era muy severa con la vida privada de Ellen Terry, pero ¿qué podía esperarse de una actriz? Siempre pintarrajeadas, disfrazándoos y haciendo monerías en un escenario delante de todo el mundo, decía. Cuando supo que hasta me había vestido de hombre para hacer de Rosalind en Como gustéis... Ya ve que por culpa de Shakespeare hay que hacer lo mismo que Miss Bloomfield.

—Todas las comparaciones son odiosas. Ya le he dicho más de una vez que se parece a la reina de los britanos Baodicea, pero veo que no me toma en serio— añadí al ver su mohín dubitativo.

—Conozco las especialidades vienesas: los uniformes, el vals, la frivolidad, la galantería...

—Miss Kilkenny, no estoy muy seguro de ser una especialidad vienesa —dije poniéndome en pie, en un tono que debió de sonar gravemente—. ¿Qué diría si le dijese que es posible que ni siquiera sea barón?

Estaba acodado en el manto de la chimenea, amparándome el rostro en la penumbra, y después de una pausa que debió de ser breve, pero que me pareció larguísima, vi que rompía a reír alegremente, sin malicia, como si se liberara de un sentimiento opresor con el que hasta entonces, hasta que yo había pronunciado aquellas palabras que más que preguntar afirmaban, no se había atrevido a enfrentarse.

—¡Qué le vamos a hacer! Peores noticias he recibido. Un cambio de personalidad siempre da animación a la vida. Si los hombres fueran constantes serían perfectos.

—¿Las alegres casadas de Windsor?

—No me acuerdo, sólo sé que es de Shakespeare y que me anda por la cabeza. ¿A usted qué le anda por la cabeza?

En los ángulos más inaccesibles del salón se iban formando masas de sombra, con crujidos, sollozos, temblores de cuerda de violín, entre caras de ahogados que se hacían y deshacían incansablemente. Oíamos muebles lastimeros con voz de carcoma y el tic tac de un reloj como el latido secreto de la oscuridad.

—¿Cuándo cierro los ojos? —pregunté por fin.

Cuando cerraba los ojos veía una calle solitaria llena

de polvo en un momento en que la ciudad dolía a fuerza de callar, de no oírse; hasta que me sobresaltaba como una salvación el cascabel del poney del carnicero o el carrito del buhonero o el italiano del organillo, y la vida de siempre volvía a resonar en paz dentro de mí.

Era una casa cuyos cristales apedreaban de noche como si estuviera maldita, una y otra vez, con un estrépito que aún creía oír; yo era un niño encerrado en mi alcoba, de espaldas a la ventana, tapándome los oídos, llorando con rabia como ante una fatalidad que oscuramente, en el fondo de mí interpretaba como el castigo de un crimen que hubiese cometido sin saberlo.

Entonces una mujer triste de cabellos largos y sueltos acudía a consolarme, y entre los dos, solos, nos defendíamos del ruido aquel y de su incierto significado amenazador que a menudo se repetía cuando nuevas piedras rompían otros cristales de nuestras ventanas, con un agrio y estrepitoso concierto.

Luego ella se olvidaba, a veces incluso momentos después de salir de mi cuarto la oía cantar, distraída por mil cosas, y era desesperante saberse solo en mitad de la noche, como un centinela cuya misión era alertar a la angustia, despertándola cuando se repitiera el destrozo de cristales que rompía también algo dentro del alma.

Uno de los quinqués se había apagado y otro despedía una luz oscilante y moribunda, pero Dinah no volvió a entrar en la sala. Patricia Kilkenny miraba pensativamente hacia una de las ventana, más allá de la cual todo se oscurecía con rapidez, y hubo un silencio que los dos respetamos como algo que participaba de lo sagrado.

—No tiene por qué contarme esas cosas— dijo en un susurro.

—Forman parte de mi comedia.
—No es barón ni nunca ha estado en la Bukovina.
—Ni en sueños.
—¡Vaya! Una reina de teatro y un barón postizo, realmente es difícil no decir mentiras.
—Todo eso no la sorprende demasiado.
—En el fondo quizá siempre supe que detrás de esas corbatas de batista había un inglés. Su manera de arquear las cejas y su impertinencia no se imitan.
—Pero prefería creerme.
—Todos necesitamos que nos crean, un actor sin público no es nadie, y usted necesitaba que alguien creyese en lo que hacía. Lo que no sé es porqué.
—¿Le importa que no se lo diga? Al menos por ahora.
—Secretos de la profesión— rió.
—Le agradezco tanto que se ría de mí y de nosotros...
—La verdad desnuda siempre resulta humorística, no sé porqué será.

El resplandor del fuego iba transformando una y otra vez los rasgos de su cara, dándole nuevas luces y sombras a cada momento. Ladeó la cabeza como si destacara la delicada curva de la nuca, con aquel cuello alto que parecía estrangularla. Fuera se oyó un triple aullido de chacal.

Cuando me incliné hacia adelante para besarla estalló uno de los quinqués haciéndose añicos, el suelo quedó sembrado de cristales y los dos contemplamos atónitos un impacto de bala en la pared. Entonces sonaron varios tiros más en el jardín, una de las ventanas se rompió en mil pedazos y oímos silbar otro proyectil que se perdió en el fuego de la chimenea.

De un empujón derribé a Patricia haciendo que

rodara hasta quedar detrás del sofá, y agachándome para ofrecer el menor blanco posible apagué todas las luces. Fuera se oyeron gritos y detonaciones, ella me agarró por el codo suplicándome que no me arriesgara, pero cuando una mujer nos dice que no seamos héroes es que ya no queda más remedio que serlo.

Amartillé el revólver y salí con precaución. A la escasa luz que quedaba en el cielo vi a dos beduinos forcejeando violentamente, mientras otro atravesaba el jardín corriendo con un puñal en la mano, mirando hacia atrás, como si se sintiera amenazado por un peligro a su espalda, pero al verme se precipitó sobre mí.

Jamás he sabido por qué no le disparé a tiempo, pero cuando reaccioné mi revólver estaba en el suelo y yo le sujetaba la mano del puñal que cada vez se iba acercando más a mi corazón. Me vi morir y en un rapto de lucidez pensé que lo peor era morir por algo tan tonto, por una causa que ni siquiera conocía. ¿Por qué nos atacaban, por qué querían matarnos?

Es posible que no fuera el momento más adecuado para despejar aquellas incógnitas, hay curiosidades que sólo pueden llamarse inoportunas, porque estaba clarísimo que él era más fuerte que yo, que había aplazado para mejor ocasión las dudas acerca de lo que estábamos haciendo y que se limitaba a poner todo su empeño en matarme.

De un tirón se soltó de mi mano y vi que levantaba el puñal. Entonces sonó otro disparo, y el hombre, arrastrado por una fuerza irresistible, hizo una pirueta de bailarín, soltó un caño de sangre y quedó tendido en el suelo. Volví la cabeza y a las pocas yardas vi al explorador amigo de Miss Bloomfield que me miraba inexpresivamente empuñando una carabina humeante.

Yo iba a balbucear alguna frase de agradecimiento, que le debía la vida o algo así, pero no me salió la voz. Me indicó con un ademán que recogiese el revólver y mesándose la boscosa barba se acercó a los cuerpos inmóviles de los dos beduinos a quienes antes había visto luchar. Luego echó a correr y en seguida oí el galope de un caballo.

Me sentía muy aturdido, fui en busca de Patricia, que estaba ilesa, y nos apretamos fuertemente las manos sin decir nada, como unos niños que después de haberse extraviado en el bosque y estar a punto de caer en las garras del ogro, encuentran por fin la senda que les devuelve a la seguridad del hogar.

Una bala perdida se había incrustado en un almohadón del sofá, y por el agujero chamuscado salían ahora con una lentitud extraña plumas blancas que revoloteaban balanceándose en el aire y posándose con una infinita delicadeza sobre la alfombra y los muebles, como un silencioso anuncio de paz.

Salimos titubeantes al jardín, y al mirar la cara de los dos beduinos muertos, en uno de ellos reconocimos a Scott-Grey, que tenía una puñalada en el corazón. Los ojos eran vidriosos, los músculos de la cara ligeramente plegados, en lo que para él podía representar una insólita manifestación de hilaridad.

Yo había estado a punto de ser un cadáver muy semejante a aquel, y me pregunté absurdamente en qué estaría pensando Scott-Grey al morir, en qué se piensa en momentos así. ¿En que no tenía ni la menor idea de por qué le mataban? Pero no, Scott-Grey siempre lo había sabido todo, o al menos se jactaba de saberlo.

Y ahora, ¿se iba a volver repentinamente locuaz para contarnos todo lo que no había dicho hasta entonces? Tal vez era demasiado tarde, y comprendí que la ocasión no se prestaba a filosofar. Quise despachar un criado para pedir ayuda, pero no había ni rastro de ellos, y Dinah tampoco aparecía.

—Por la cara que pone usted imagino cuál debe de ser la mía —dijo Patricia—. Con expresión tan lastimosa en el semblante, como si hubiera escapado del infierno para contar horrores. Hamlet, acto segundo.

De pronto, fue un diluvio de lágrimas, quería irse, lo antes posible, como fuera, a cualquier lugar lejos de allí. Lloraba desconsoladamente sobre mi hombro, que tenía desgarrones y manchas de sangre. Al darse cuenta interrumpió sus hipidos para decirme que me iba a coser aquello.

—Ese llanto que enjoya las pupilas, triste don de los dioses— le cité.

—No se ría de mí, llorar es mucho más prosaico. ¿Sabe?, tanto hablar poéticamente de la sangre en el escenario, y hasta hoy nunca había visto sangre de verdad.

En el cielo se pintaban monstruos que desde su altura asistían impasibles a nuestro coloquio, deshilachados capullos de color del coral, raíces retorcidas y oscuras, espigas deformes como serpientes puestas en pie, todo envuelto en una luz verdosa, como de acuario, que anunciaba la inmediata noche.

Hice que se apoyase en mi brazo y que diera unos pasos para que se fuera tranquilizando. Más allá de la quietud de unas palmeras las dunas del desierto, sumergidas en un mar de sombras, eran de una ensimismada teatralidad, y vimos cómo un pájaro se hundía veloz y desesperadamente en la noche.

—No puede quedarse aquí, recójalo todo y la llevaré a la misión francesa.

—¿Sabe que mi tía no necesitaba bastones para andar?— preguntó de pronto.

—Tal como están las cosas ya no hay nada que pueda extrañarme.

—Ella y Dinah llevaban algo entre manos que nunca quisieron decirme.

—¿Tesoros ocultos?

—¿Por qué no tratándose de tía Lizzie? A veces no se daba cuenta de lo que ocurría a su alrededor porque miraba mucho más lejos.

—¿Y usted cree que la secuestraron por eso?

—No lo sé. ¡Y ahora Dinah que no aparece!

—¿No cree que los derviches tengan algo que ver con estos misterios?— pregunté.

—Mi tía sabía algo que quería ocultar a todo el mundo, es cuanto puedo decirle.

Guardamos silencio y oí que murmuraba quedamente una especie de conjuro, como si se dirigiese a la noche con una voz ronca y solemne en una imprecación de la que había que esperar resultados mágicos, luces que nos permitieran ver con claridad en aquel mundo incomprensible. Me detuve y la sujeté por el codo.

—¿Qué está diciendo?

—La luz del día se ha apagado, vamos ya camino de lo oscuro —repitió para mí—. The bright day is done and we are for the dark. Antonio y Cleopatra, acto quinto.

—¿Se da cuenta de que esto es de veras, que no es como Shakespeare?

Sacudió la cabeza como negándome que tuviera razón y me dio unas palmadas amistosas en la mano. Volvimos lentamente hacia la casa. En el porche nos esperaban varios sirvientes que confirmaron muy asustados la desaparición de Dinah, y la acompañaron a su habitación para hacer el equipaje.

Mientras yo cubría con una manta el cadáver de Scott-Grey aparecieron los gendarmes, que sin duda estaban al corriente de lo sucedido y no hicieron preguntas. Después de dirigirse entre sí enérgicas órdenes que nadie estaba dispuesto a obedecer, se dispersaron de mala gana en vagas actividades de vigilancia y comprobación que debían de juzgar ineludibles en un caso como aquél.

El primo de Antar, con un aire entre cándido y petulante, mitad entrometido mitad humilde, fue el único que permaneció junto a mí. Su chaquetilla, de una antigüedad tornasolada, se adornaba con un colgajo que debía de querer ser un corbatín, y sus maltrechas botas dejaban asomar los dedos del pie móviles y tal vez no exageradamente limpios.

Me miraba de una manera tan melancólica que sin esperar a que me los pidiese me anticipé a darle cigarrillos, y le cambió la expresión del rostro; aceptó el obsequio con una sonrisa agradecida y soñolienta, y fue a sentarse en el brocal del pozo como quien se toma al fin después de una dura jornada un bien merecido descanso.

Le pregunté dónde estaba su jefe y respondió por señas que no lo sabía, me pareció que dándome a entender que era preferible que todos ignorásemos el paradero de Antar, quizá porque andaba metido en alguna intriga galante. Luego suspiró sonoramente. Unos cigarrillos, no hacer nada y no tener cerca a nadie que molestase debía de ser para él el colmo de la felicidad.

Cuando salió Patricia con los criados ayudó a cargar las maletas, y mientras nos alejábamos por el camino vi que se dirigía de nuevo al pozo, para disfrutar un rato más de su dolce far niente, imaginé que pensando que todos estábamos locos de tomarnos tantas molestias, de tanto ir y venir, espiar y matarnos, con lo fácil que era ser feliz sentado en aquel brocal en medio de la noche.

Yo esperaba encontrar a las monjas ya recogidas, porque era tarde, pero resultó que había un gran revuelo en el convento, todo el mundo se afanaba de un lado a otro preparando un acontecimiento insólito que requería, por lo que observé, un sinfín de hachones y de banderitas francesas e inglesas.

En el jardín había una tremenda algarabía, las colegialas alborotaban en un recreo excepcional y nocturno que las tenía muy excitadas, y en la penumbra reconocí a la petite Thérèse, un poco aparte de las demás, jugando sola con sus largas trenzas arrolladas al cuello, como si fuera a estrangularse a sí misma.

El cura nos explicó que había que tributar un digno recibimiento a la expedición del general Wolseley, que aquella noche iba a pasar por allí remontando el río, eso sí, sin detenerse, porque el Héroe necesitaba urgentemente a aquellos valerosos soldados para vencer a los demonios del sur, y no había tiempo para más fiestas ni para más dilaciones.

Cuando le conté lo que había pasado en casa de Mrs. Leforest, sin dejarme terminar se ofreció a dar albergue a su sobrina en el convento, y nos acompañó a una habitación que estaba al fondo del pasillo de las cocinas. Una hermana trajo una bandeja con pan moreno, pollo frío, un plato de crème brulée que olía a gloria y dos vasos de vino de color cereza.

Después de apurar mi vaso, al despedirme Patricia me pareció más sosegada, prometí volver al día siguiente cuando estuviese más repuesta, y ella me demostró su agradecimiento pidiendo prestados versos a Shakespeare, que era su gran recurso, el tesoro de palabras capaz de embellecer la peor de las situaciones.

—La gratitud —dijo— rebosa en el alma como un licor que embriaga y maravilla.

—Nos interrumpieron en un momento muy inoportuno— le recordé.

—Buenas noches. Decir adiós es una pena tan dulce que estaría diciendo buenas noches hasta el alba.

—Supongo que esto es de Julieta, pero yo le hablo de usted y de mí.

—Los hombres son hombres, los mejores de ellos a veces olvidan, the best sometimes forget. Otelo, acto no sé cuantos.

Y me cerró la puerta en las narices. Al volver sobre mis pasos oí en la cocina una conversación muy animada y sobre todo una voz inconfundible que daba consejos culinarios a las monjas; Seigneur, Seigneur! Vierge Marie!, exclamaban piadosamente como para frenar aquel aluvión de exhortaciones sobre el uso del serpolet y del tomillo vulgar en los asados.

Entre montañas de bolas de manteca, un caldero de leche, sacos de lentejas, cestos de verduras y jaulas con pollos, no podía faltar Petitfils, destapando cacerolas y pontificando sobre la razonable distinción que convenía hacer entre la gula, que era un pecado capital, y el arte de la buena cocina, con la que también se podía dar gloria a Dios.

Se alegró al verme, y a cambio de mis noticias, que le dejaron consternado aunque no pareció sorprenderse mucho, me comunicó un suceso que yo ignoraba: habían tratado de envenenar a Miss Bloomfield, pero sin consecuencias graves, e incluso no faltaban indicios de que quizá fue una simple indigestión, añadió. En cualquier caso estaba fuera de todo peligro.

—Se necesitaba algo más que veneno para acabar con una dama tan imponente —aseveró mientras andábamos por el pasillo para salir al jardín—. Lo que me dice de Míster Scott-Grey sí que es lamentable; no puedo decir que vaya a echar de menos su conversación, porque era más bien parco en palabras, un hombre muy callado, como si le doliese el sonido de su propia voz. En fin, ainsi va toute chair... Miss Kilkenny aquí estará segura, y a la larga ya verá cómo todo se soluciona, todo irá sobre ruedas. Posiblemente esta expedición de Wolseley lo estropeará un poco, pero con el paso del tiempo las cosas volverán a su sitio. Por mucho que se empeñen los políticos, la vida sigue y todo acaba más o menos bien, o como mínimo no peor de como estaba antes.

—Usted siempre filósofo...

—Las filosofías del adiós —dijo interrumpiéndome, como si tuviera miedo de que no le dejase hablar—. Yo me voy mañana, sí, sí, tal como lo oye, está decidido, me vuelvo a casa con mi Hortense. ¿No le había hablado de mi mujer? Se lo digo yo, nada de harenes y de odaliscas, le regalo todas las bayaderas del mundo, donde esté la mujer propia... No, no puedo quejarme de cómo me han ido las cosas, he hecho amigos hasta entre los jeques, pero ha sido una larga campaña, tanto como la de Napoleón, y me atrevería a decirle que no menos gloriosa. Que voulez-vous?, para bien o para mal soy muy persuasivo. Hasta las hermanas, que son unas benditas, empezaban ya a ablandarse y a considerar la conveniencia de usar cierto jabón de tocador, el Fleur de Lys, muy discretamente perfumado, cuyas ventajas saltan a la vista.

—Será al olfato.

—Touché! Digamos al olfato. Pero, ¿me ve a mí, digno representante de la Francia eterna de Juana de Arco y de san Luis, del gran Bossuet y de san Vicente de Paul, pervirtiendo por la concupiscencia olfativa a estas bonísimas hermanas?

—Pues, si he de serle franco, sí le veo.

—Como le decía, vuelvo al hogar. Lo de los artículos de París es absorbente, pero necesita ciertas pausas, recobrar fuerzas, tomar nuevos ánimos respirando el aire del suelo natal. Me espera mi Hortense y yo les dejo. Además, ahora los soldados, por si eran poco los derviches, todo ese maremágnum, eso está inaguantable de espías. ¡Y si sólo hubiera espías! Pero hay que ver la cantidad de asesinos que rondan por ahí, y eso ya es peor. ¿Cómo se puede ser asesino? Claro que il n'y a pas de sot métier, pero, quand même, no debería permitirse ir asesinando a la gente, ¿no cree?

En el jardín las colegialas cantaban llenas de entusiasmo una cancioncilla atroz que me sobresaltó:

> Le roi Renaud de guerre vint,
> portant ses tripes en sa main...

—¡Qué cosas cantan lo niños!

—No se ponga nervioso, así acabarán muchos. Para

eso se hacen las guerras, ¿no? ¿No creerá usted que se organizan ejércitos para ir de pícnic? A propósito de espías y de gente destripada, ¿sabe quién era el reportero que encontré en los oasis y que les ha traído de cabeza?

—Un espía— afirmé sin el menor temor a equivocarme.

—Claro, ¿qué iba a ser? Pero un espía muy infeliz, le cazaron como una liebre. Un infortunado ruso víctima de la curiosidad malsana de su gobierno. ¿Por qué será que los gobiernos quieren saber tantas cosas? ¿Qué les importa en San Petersburgo quién mata a quién por estos andurriales? Pobre hombre, desapareció del modo más tonto.

—¿Puede saberse qué modo es éste?

—Le mataron por si acaso, por simple precaución, en la duda siempre es preferible que los espías estén muertos más que vivos. Así seguro que no estorban.

—Eso ha estado a punto de ocurrirme a mí.

—No se queje, ha salido bien librado. El traje está hecho una lástima, pero para un hombre de sus posibles nada más fácil de reponer. Y quizás a estas horas ya se han olvidado de usted, si supiera lo olvidadizos que son esos asesinos cuando uno escurre el bulto... Al fin y al cabo, ser barón o no ser barón en medio de esta guerra es una pura bobada, a quién le importa. Amigo mío, usted convenza a la damita perfumada de reseda, que le acompañe a algún lugar discreto hasta que todos se olviden de los dos, y sea feliz, qué diablos. Hágame caso, sea feliz, no se lo piense dos veces— dijo de modo apremiante.

—Las guerras deben de ser incompatibles con los negocios y con la felicidad.

—Muy bien visto. Yo vuelvo al lado de Hortense, no

hay nada como una Hortense en este mundo. Los artículos de París, pouah! —exclamó con sublime desprendimiento—. Regalaré al abate Hardouin lo que aún queda en el maletín, y confieso que me pica la curiosidad por saber qué hará con mis queridos productos.

Las campanas avisaron que ya era hora de dirigirse al embarcadero, pero aquella noche Petitfils sentía más nostalgia conyugal que entusiasmos militares. Se despidió afectuosamente de mí rogándome que hiciera lo posible por olvidar aquella historia tan lamentable de las tarjetas de visita. Le aseguré que estaba olvidado.

—Aunque gracias a las tarjetas pudimos conocernos— le recordé.

—Cierto, mon cher ami.

—Póngame a los pies de Madame Hortense.

—¡Qué pena que no sea usted barón! —dijo abrazándome y estampando un ruidoso beso en cada una de mis mejillas—. ¡Hasta siempre!

Su figura se perdió entre la multitud que llenaba las calles, irreconocibles a aquellas horas por la ilusión de la fiesta, salpicadas de fanales de aceite igual que luciérnagas que producían desgarrones de luz en la oscuridad. Me pusieron en la mano una banderita francesa y me uní a la procesión de las colegialas y las monjas.

En el embarcadero la noche me pareció frenética y dorada, goteante de cera, alborotada por sentimientos ingenuos y cánticos de júbilo que según creí notar, hacían nacer cosquilleos de emoción entre los más escépticos e indiferentes. Bajo nuestros pies en los postes el agua tenía un chapoteo indeciso.

Con mucho retraso, después de una larga espera asomaron las primeras embarcaciones, solemnes y agrisadas como belicosos aparecidos que surgieran de un modo fantasmal de naumaquias de ultratumba. Se oyó el grito chillón del clarín y la gente roció el aire con vivas estentóreos.

Las colegialas de las monjas entonaron un himno de bienvenida:

> Où vont tous ces preux chevaliers,
> l'orgueil et l'espoir de la France...?

Bastaba con traducir: orgullo y esperanza de Inglaterra, pero era casi lo mismo. ¿Adónde iban aquellos bravos paladines, qué gallarda aventura iban a acometer en lugares de peligro y barbarie, defendiendo alguna causa sagrada, no siempre cómoda de explicar, pero exaltante y maravillosa si quería creerse así?

Miré a mi alrededor y vi en muchos ojos un brillo acuoso, no era para menos, se acercaba un ejército flotante en toda su magnificencia marcial, trasladada muy lejos del corazón de la patria para salvar a un héroe que era un símbolo y restablecer velis nolis la libertad, la gloria, la justicia.

Se habían desplegado las banderas, pero caían laciamente por falta de viento que las hiciese ondear, y en la primera fila de espectadores Watson se cuadraba, tieso como un muñeco de palo, con la mirada fija en el horizonte de sombras.

Con lentitud, sabiéndose observados por el gentío, pasaba ahora ante el embarcadero una pintoresca flotilla de cacharros chatos y con vela, al parecer desarmables, construidos especialmente según el modelo Copeman para franquear los rápidos del río, cientos de canoas híbridas de balsas que eran el grueso de la expedición.

Detrás, los barcos de escolta, vapores, una infinidad de gabarras con la impedimenta, entre un coro ensordecedor de aclamaciones, pitidos, músicas, estruendo entusiasta y patriótico que tenía a garzas, airones y palomas arañando tumultuosamente la negrura del cielo sin saber dónde posarse.

Los farolillos y hachones duplicaban su resplandor en el agua del río, que parecía sembrada de monedítas de luz, y en las canoas —gesticulaciones, saludos con los remos, ascensión de gallardetes y todo el trajín de la marinería— se observaba un bailoteo de reflejos metálicos.

> Pourquoi me fuir, passagère hirondelle,
> ah! viens fixer ton vol auprès de moi,

cantaban las niñas del convento, tal vez porque no habían encontrado en su repertorio una pieza más adecuada para la ocasión. Vistas de cerca las canoas-balsas no tenían un aire muy aguerrido, su fealdad era indiscutible y hacían pensar más en una regata multitudinaria por el Támesis que en una empresa heroica.

Pero nadie estaba dispuesto a que le defraudara la representación, y hasta me sorprendí a mí mismo agitando mi banderita francesa. La cola de la flotilla se ocultaba ya en un recodo, y ante nosotros el río aparecía surcado de estelas de color oscuro, como espesos costurones sobre la superficie del agua que había sostenido aquel alarde.

El espectáculo había llegado a su fin, alguien lanzó tres hurras y un viva la Reina, y en medio de la curiosidad excitada e inescrutable de los indígenas que se habían unido espontáneamente a nosotros en el recibimiento, nos dispusimos a ir a acostarnos más roncos y más insomnes, creyendo haber asistido al preludio de una victoria inmortal.

Algunas barcas empezaban a aventurarse hacia la orilla opuesta, Watson me saludó de lejos con un sombrerazo cuando de pronto un vocerío reclamó nuestra atención; uno de los barqueros arrastraba un bulto haciendo señas para que acudiesen en su ayuda, porque debía de pesar considerablemente.

Cuando lo izaron hasta el embarcadero, a la luz de las linternas pude ver el cadáver de Mrs. Cattermole, con un velo de tinieblas sobre sus ojos de zafiro; tenía los labios entreabiertos como si estuvieran a punto de formular una última e imposible pregunta a la que ninguno de nosotros podía ya responder.

VIII

De momento no pasó nada más. Durante días y días hubo una calma que parecía inmóvil, como si el tiempo se dejase vivir con una fatigada somnolencia, estancándose en marasmos interiores a los que nos íbamos acostumbrando como si fuesen una enfermedad lenta e incurable, sin dolor, que acababa identificándose con nosotros mismos.

Las horas, inacabables y blandas, tenían un suave adormecimiento, un olor dulzón y mustio a pasividad, tal vez a fatalismo, esperar no se sabía qué, mecerse en las incertidumbres, prestar una obsesiva atención al silencio —confiando que de él iba a surgir una palabra de luz— que al fin se hacía sonido, aunque monótono, indescifrable, como un zumbar de abejas.

Teníamos brumosas noticias del sur, movimientos de tropas más allá de los rápidos, escaramuzas o batallas, no se sabía con seguridad, y circulaban rumores cada vez más alarmantes acerca de aquel supuesto descendiente del Profeta al que se atribuía un prodigioso don de lágrimas (si no usaba pimienta en las uñas de los dedos para provocar el llanto).

De un modo u otro, fanático o impostor, gran caudillo de liberación para sus pueblos o déspota comediante que tenía embrujados a los suyos con fantasmagorías y revelaciones imaginarias del más allá, sus ejércitos iban engrosando con tribus y más tribus, se mantenía el sitio de la ciudad defendida por el héroe, y aún no se veía el fruto de la máquina de guerra que Wolseley había puesto en pie.

Sin embargo allí, donde estábamos nosotros, a medio camino entre las hordas desharrapadas de insurgentes y las ciudades de la costa, todo eso era un rumor lejano, como si nada pudiese alterar el encantamiento de nuestra paz y nuestra vida, ni para mal ni para bien, alelados en el sueño de una espera porque sí.

En el curso de bastantes días el cielo estuvo encapotado, sin frío ni lluvia, sin calor tampoco, un tiempo dudoso y suspendido aguardando una solución improbable que tardaba en llegar; todo tenía una empañada belleza que me recordaba el verano inglés, quizás el de Bournemouth, latente en el recuerdo.

Algo majestuoso, agridulce, no sin melancolía, infinito de grises y azules muy pálidos o de leonados rubios casi a punto de extinguirse, con tardes color de sepia, deslucidas, que parecían un grabado antiguo capaz de animarse súbitamente ante los ojos sin romper el encanto del ayer.

Pero sabíamos que nos cercaba un mar de arena, en cualquier dirección en que pudiésemos echar a andar el fin del mundo llegaría mucho antes de que viéramos puertos o ciudades, asediados por la imagen de la muerte, con su túnica de oro fino que se hacía barrosa en el crepúsculo, ondulándose hacia montes requemados de torturadas formas.

Más allá estaba el espejismo de Narambi, con barcos que soltaban amarras rumbo a cualquier lugar libre y feliz. Pero no había caravanas que recorrieran el desierto, y el único camino transitable era el río que venía del sur acarreando lodos y ramas, fragores de terribles guerreros, y para mí este camino no conducía a ningún lugar.

En varias ocasiones me ofrecieron alquilar una

embarcación que, con el capitán y sus tripulantes, sólo iba a costarme, eso decían, unas cincuenta libras al mes; lo cual, teniendo en cuenta los previsibles regateos, podía quedar en veinticinco, quizás en menos, pero rechacé todas las ofertas con sonrisas que debieron de parecer ambiguas e incomprensibles.

¿Adónde podía ir? Pero a mi alrededor se preguntaban extrañados qué hacía aún en aquel lugar aquel ocioso y contemplativo turista que no mostraba ningún interés por los restos arqueológicos, a quien sobraba el dinero, que no parecía ocuparse en nada, y algunos buscaban explicaciones inconfesables —políticas, desde luego— a mi larga y misteriosa estancia.

¿Qué quería, pues, preguntaban a veces en medio de un frenesí de gestos? ¿Las bellas y educadas pupilas de un burdel de armenias muy recomendado, muchachas que al parecer eran capaces de recitar a los clientes versos de Lamartine, poniendo toda el alma, música y sentimiento en Le lac?

¿Tampoco? ¿Ni antigüedades robadas a buen precio, que se ofrecían en todas partes de un modo clandestino, es decir, al aire libre y a la vista de todos, los consabidos escarabajos que seguramente venían de Manchester, pedruscos y tablillas con inscripciones falsificadas con una tosquedad muy ingenua?

¿Hachís muy bueno para los noches tristes y las horas más turbias y dolorosas de los misántropos? Decididamente, era difícil de contentar, y se apartaban de mí encogiéndose de hombros, diciéndose no sin razón que era inmoral e injusto que alguien tan rico como yo tuviera tan pocos deseos razonables de los que pueden satisfacerse con unas monedas.

Las distracciones no abundaban, a pesar de los pronósticos de Petitfils la vida social se había interrumpido por completo, no volví a ver a casi nadie de las gentes a las que conocí en la soirée de Mrs. Chappelow, y supe que casi todos habían ido en busca de lugares más amenos y más apacibles, como en el caso de los Jebb, instalados ahora en una propiedad suya de la costa oriental.

Petitfils y el profesor Hamm también se habían ido, y Rebecca Bloomfield parecía haberme olvidado y llevaba muchos días ausente, quizás enzarzada en nuevas averiguaciones sobre el escurridizo Hombre Gris, que después de sembrar de muerte la ciudad se habría trasladado a otros escenarios más mortíferos y acogedores con sus armas para los derviches.

Los de la Cook y los cómicos yanquis eran ya sólo un recuerdo, Watson estaba en Londres y el tintorero Sayed seguía siendo invisible, y su tienda, cerrada a cal y canto, me producía cada vez que pasaba por allí la penosa sensación de encontrarme en un callejón sin salida, ante un muro que no podía escalar, atrapado sin escapatoria.

Finalmente, terminé por dejar mi revólver en el hotel, ya que nunca pasaba nada, pero un episodio banal me puso sobre aviso, advirtiéndome que aún quedaban muchos cabos sueltos en aquel enrevesado asunto del Hombre Gris y que tal vez era una imprudencia por mi parte renunciar a las precauciones.

Ocurrió un buen día en una calle estrecha, cuando un carro de paja tropezó con no sé qué, perdió una rueda y al volcarse el viento empezó a esparcir lanzas de oro en todas direcciones, haciendo que los transeúntes nos perdiéramos de vista unos a otros en cuestión de un instante.

Entonces vi que un europeo se precipitaba en medio

de la confusión como si estuviera siguiendo a alguien y temiera que se le escapase, pero a pocos pies de distancia de donde me encontraba, se paró en seco y dio media vuelta ocultándome el rostro. Hubiera jurado que llevaba unos borceguíes de puntera colorada.

Aunque quizá no era así y mi imaginación empezaba ya a forjar fantasmas. Yo mismo ante el espejo me veía como a un estúpido fantasma de barón austríaco extraviado en un remoto y polvoriento lugar del que no podía irse, viviendo en una fatal inercia que acababa por tener su enfermizo encanto.

Ni siquiera tenía el aliciente de ver a Patricia, porque al día siguiente de su llegada a la misión cayó enferma, al parecer nada grave, sin duda una reacción nerviosa provocada por las emociones de aquel día, pero durante semanas tuvo que guardar cama con fiebres remitentes.

De no ser por aquel forzado paréntesis, estoy seguro de que la atracción mayor o menor —al fin y al cabo, pensaba yo en mis momentos de más lucidez, favorecida por circunstancias insólitas, completamente excepcionales— que sentía por la actriz hubiese ido menguando, el trato y la conversación hubieran amortiguado el efecto sentimental del peligro y la soledad que compartíamos.

Pero al no poder verla durante muchos días, la ausencia debió de embellecer los recuerdos, sus facciones, el eco de su voz citando a Shakespeare, sus movimientos más característicos, incluso el zurcido de su traje adquirían un relieve en mi memoria que sentía a un tiempo como grato y amenazador, y en resumidas cuentas tuve que reconocer que la echaba en falta.

Más aún, peor aún, que me había enamorado de Patricia Kilkenny de una manera absurda y desesperante, sin lógica y sin razón, lo cual, pensándolo detenidamente en el cuarto de mi hotel, me llevó a la consecuencia de que estaba enamorado de verdad y de que aquello podía ser grave para todos.

Yo no era un hombre como para enamorarme, al menos así lo había creído siempre como artículo de fe, el momento no podía ser peor para ceder a una debilidad como aquella, y para colmo de la señorita Kilkenny no sabía casi nada, es decir que se daban todas las condiciones necesarias para un amor desastroso y eterno.

Por mucho que me esforzase por verlo humorísticamente, riéndome de mí mismo y de mi situación, la cosa no dejaba de ser seria porque cada vez la echaba de menos de un modo más acuciante, y cuando me di cuenta de que estaba analizando palabras y gestos suyos que con buena voluntad podían interpretarse en el sentido de que me correspondía, comprendí que estaba perdido.

Pero tenía que conformarme con pasar por el convento y pedir noticias suyas en un tono de amable indiferencia o de cortés solicitud, conversando con las monjas, que me obsequiaban en aquel mismo rincón del huerto donde había estado hablando con Rebecca Bloomfield, tomando café y comiendo lenguas de gato, exquisitez que debía de formar parte del ritual hospitalario de la comunidad.

De vez en cuando aparecía por allí la petite Thérèse, más bien esquiva y no muy fácil de domesticar, que después de largos silencios y de mucho retorcerse las trenzas, terminaba por preguntar por la escritora, su amiga (por Patricia no mostraba ningún interés, quizá por considerarla demasiado normal).

Más inquietante era la presencia del vagabundo francés, al que solía ver metido en una especie de saco de piel de cabra, contemplando las ramas desnudas de la higuera como si esperase que diera frutos milagrosamente fuera de estación en lo que yo hubiese llamado un éxtasis, aunque no tenía la menor certeza de que fuese el término más propio.

Sor Chantal, la más accesible y parlanchina de las monjas, a veces se quedaba a conversar conmigo, no sin escrúpulos de conciencia por descuidar sus quehaceres, pero justificando ante mí aquellos coloquios por su intento de inclinar del lado de Dios a un pecador inclasificable y hasta es posible que empedernido como yo debía de ser.

Un corazón desbrujulado en el que sor Chantal trataba de abrir brecha con piadosas admoniciones que yo desviaba sutilmente hacia preguntas sobre la vida que hacía Patricia en el convento, detrás de aquellos muros, en la habitación al fondo del pasillo de las cocinas, sin duda perfumada de reseda.

¿Y no olía también sor Chantal a algún producto parisiense, o era suponer mucha mundanidad en la buena hermana? Por donde había pasado Saturnin Petitfils con sus olorosas muestras y su persuasiva elocuencia nada volvía a ser ya como antes, tal vez ni el aire austero de la misión.

Por ella supe también algo del misterioso vagabundo, que solía dormir, me dijo, en un rincón de la sacristía, no hablaba con nadie y se pasaba horas y horas rezando ante el altar mayor, con los ojos fijos en el sagrario. Según le había dicho el abate Hardouin venía del Líbano para hacer vida penitente y de santidad.

—A ver cuándo se decide usted— insinuaba la monja.

—¿Vida penitente? Por Dios, sor Chantal, pero si aquí no hay alternativa.

Una tarde fue el cura quien me dio conversación, y para satisfacer mi curiosidad me contó algo acerca del vagabundo que albergaba en su iglesia, y a quien al parecer unos beduinos habían recogido medio muerto de sed y de cansancio en los arenales que quedaban un poco más al norte.

—Quería visitar los lugares de los antiguos ascetas, que vivían de agua fangosa, pan de centeno, sal y hierbas cocidas, productos que no siempre se encuentran en el desierto, no vaya a creer; vagó por allí una temporada haciendo esta piadosa peregrinación en la que por poco deja la piel, y que además le hizo sospechoso para la policía. Nuestro amigo Antar, que es poco dado a explicaciones espirituales, estaba absolutamente convencido de que era un espía, y le sometió a un implacable interrogatorio.

—Dadas las circunstancias me parece muy natural, yo hubiera hecho lo mismo, pero debía de ser el único que no estaba aquí para espiar.

—Costó mucho convencerles, y es que buscar a Dios siempre es inverosímil. Llevaba una bolsita al cuello con un papel escrito a lápiz, unos versos suyos, y Antar se empeñó en que eran un mensaje cifrado y estuvo dándoles mil vueltas— me tendió un papel arrugadísimo y casi ilegible:

> Pauvre coeur, tu as frappé à tant de portes
> qui ne donnent sur rien...

—Si es poeta era un sospechoso ideal.

—Es un artista bohemio, mitad pintor mitad poeta,

que fue profesor de francés y de dibujo en un colegio maronita de Beirut.

—Eso parece una actividad respetable.

El abate carraspeó, estiró las bocamangas de la sotana quizá advirtiendo súbitamente que le corteaban, y se pasó la mano por la cara como para alisarse las profundas arrugas o para borrar la sonrisa que había provocado mi observación, sin duda de una escandalosa candidez.

—Yo no llamaría respetable a la vida que llevaba en Beirut, hubo de todo, hasta una mujer que sospecho que él idealiza melodramáticamente (no crea usted nunca a los poetas, tal vez dicen más verdades que nadie, pero todo lo embrollan con eso del lirismo), una joven mendiga ciega, según creo.

—Hasta que, como dice la Escritura, Dios sopló sobre sus amores y los aventó— intervine.

—No sé, es una historia confusa, y no descarto la posibilidad de que sea inventada de fond en comble, ¿me entiende? Su pasado no le gusta, quizá por pecaminoso, quizá por vulgar, y tengo la impresión de que no tiene escrúpulos en mejorarlo. Él dice que un día peregrinó a los Santos Lugares y que desde entonces es otro.

—Muy ejemplar.

—De momento está de paso para Marsella repatriado por cuenta del cónsul de Francia, que no sé qué opinará de este rodeo que da por aquí. Y yo tampoco sé qué opinar de él; como también dice la Escritura —dijo devolviéndome la pelota—, habita la patria de la sombra y de los torbellinos.

—Y eso quiere decir...

—Que siempre está triste, es un hombre lloroso como un sauce, parbleu, se pasa la vida super flumina Babylonis, ya sabe, illic sedimus et flevimus —después de recoger el guante de mi desafío bíblico, ahora me aplastaba con su superioridad en este terreno—, y eso no me parece bien. San Antonio decía que hay que dejar la tristeza para los afortunados de este mundo, es algo que forma parte de la esclavitud de los demonios.

—Si me lo pone tan mal— observé sumisamente para que no me pulverizase con otra cita en latín.

Apareció sor Chantal con la bandeja del refrigerio, y el abate se sirvió dos tazas bien cumplidas de café que apuró antes de que yo hubiese tenido tiempo de vaciar la mía; luego se recostó en el sillón, cerró los ojos anudando las manos y se dejó invadir por una lenta felicidad indescriptible que se le pintaba en las facciones.

—El café y el caldo de gallina son grandes dones de la Providencia —afirmó— ...para que tengamos la mente más clara y más energías para servir a Dios. Lo siento, tengo que irme.

Me comentó ya de pie que por ahora el café seguía fuera de toda sospecha, pero no así el caldo: Antar había andado husmeando en las cocinas del convento para saber si se retorcía el pescuezo a las aves o se las decapitaba con un cuchillo, duda atroz que no le dejaba dormir. Sor Chantal contraatacó preguntando cómo hacer caldo con una gallina viva.

—¿Cree que Miss Kilkenny se repondrá pronto?— le pregunté al despedirnos.

—Seguro que en pocos días. Creo que piensa volver a Inglaterra. Aunque sea meterme donde no me llaman, ¿no ha pensado usted...?

—Claro que he pensado. En llevármela a Narambi.

—Bon, bon... Pas de problème y me malicio que por

parte de ella tampoco lo habrá, yo estoy a su disposición para casarles, y luego un barco les conduce al norte y desde allí...

—Es que yo no puedo pasar por el norte, monsieur l'abbé, porque me encerrarían en la cárcel y eso puede estropear cualquier luna de miel. Aquí donde me ve soy un ladrón.

—Ha habido ladrones muy notables —contestó con mucha flema después de una breve pausa—, como san Dimas.

—No creo que yo llegue a tanto— suspiré.

—Bueno, haga lo que pueda.

Me pareció que estaba a punto de decir algo así como no se lo tome muy a pecho, pero se limitó a preguntarme si ella estaba enterada. Negué meneando la cabeza y entonces dijo que le dejase pensarlo y rezarlo, y puso toda su buena voluntad en un apretón de manos aterrador, quizás anticipo de la penitencia que pensaba imponerme.

Volví al Richmond caviloso y barajando soluciones a cual más disparatada y excitante. Cubrir de oro al tuerto para que me consiguiese una caravana con escolta hasta Narambi, disfrazarme de misionero o de mercader que va a la Meca y que Antar me proporcionase papeles falsos, o suplantar al vagabundo, llamando tanto la atención, como Miss Bloomfield, que nadie sospecharía de mí.

La escritora también me había prometido ayudarme si colaboraba con ella, y yo había colaborado. ¿Querría acordarse ahora? Sin embargo, comprendí que lo peor de todo aquello es que aún no me había sincerado con Patricia acerca de quién era yo y de mis planes de huida. Cuando lo supiese todo, ¿estaría dispuesta a acompañarme?

En el vestíbulo del hotel oí una sonora carcajada que interpreté como una respuesta a la pregunta que acababa de formularme a mí mismo. Si mi irlandesa se horrorizaba, no sin razón, al saber la verdad, ¿qué haría? Estaba ante el mostrador y alguien me tendió una nota que había dejado para mí Miss Bloomfield anunciándome que acababa de regresar.

Llamé a la puerta de su habitación, y aquel espectáculo tan temido en el que alguna que otra vez pensaba como quien prevé una pesadilla inimaginable a la que se sabe condenado, se hizo realidad ante mis ojos: sí, Miss Bloomfield en paños menores o algo parecido, invitándome a entrar.

—Adelante, no se preocupe por mí, de pequeña me dieron lecciones de recato, pero ya las tengo olvidadas.

Se paseaba por el cuarto enfundada en un corsé que contenía férreamente sus voluminosas carnes, con una toalla arrollada a la cabeza, ya que al parecer acababa de lavarse el pelo, los zapatos en chancleta y el cigarrillo en los labios, mirándome como si midiera mis reacciones ante el absurdo.

—Volveré cuando se haya vestido— dije precipitadamente, batiéndome en retirada.

—Nada de eso, pase usted —insistió, echándose sobre los hombros una bata que no se molestó en abrocharse—. No me va a decir que es vergonzoso, un barón ha de ser hombre de mundo. ¿Se siente turbado?

Yo no sabía dónde poner los ojos, pero ella disfrutaba poniéndose en ridículo de tal manera que el abochornado era yo. Le pregunté si eran ciertos los rumores de que habían tratado de envenenarla, y por toda contestación, para demostrarme su excelente salud, dio unos pasos de baile hasta que el piso trepidó con sus bamboleos.

—De envenenamiento, nada, ya me ve— bufó, dejándose caer en un sillón como para probar la resistencia última de los muelles.

—Lo celebro. ¿Se acabó lo del dichoso Hombre Gris?

—¡Qué va! Sigue haciendo de las suyas. Hemos estado jugando al escondite por el desierto, y ahora que ya ha entregado sus armas a los derviches ha vuelto aquí, no sé porqué. ¿Quiere que le confiese una cosa? No le entiendo. Y eso que los hombres son fáciles de entender, pero él...

La vi muy seria, frustrada en lo más hondo por aquella incapacidad que reconocía de comprender los móviles del enemigo. Dijo que temía haber encontrado la horma de su zapato, a no ser... Era la única explicación posible, y la única también que dejaba a salvo su honor: tenía que ser eso, el Hombre Gris era una mujer.

—¿Quiere decir que sólo una mujer puede obrar de una manera tan incomprensible?

—Yo diría más bien tan genial. Es un secreto a voces, pero en fin, no dejaré que siga por más tiempo en la ignorancia de este hecho fundamental: las mujeres somos seres superiores.

—¡Cielos, lo que me faltaba por oír!

—¿Acaso no sabe que Shakespeare fue una mujer?

—Jamás había oído tal cosa— dije estupefacto.

—Ya sé que hay muchas cosas de las que nunca ha oído hablar, eso corrobora lo que le he dicho.

Se levantó para encender un nuevo cigarrillo y poniéndose en jarras y adelantando una pierna en una postura de canzonetista de music-hall, ladeó coquetamente la cabeza —la estampa era grotesca y abominable— y entonó con un hilo de voz pero sin desafinar en lo más mínimo, aquello de

> We'll never come back, boys,
> we'll never come back any more.

—Oiga, me importa un comino que sea un hombre o una mujer, allá ustedes, en cualquier caso no creo que mi presencia aquí sea necesaria. ¿Recuerda que me dijo que podría usted influir...? Yo colaboré en lo que me pidieron, y por poco dejo los huesos en la colaboración.
—No se queje, la monotonía es peor que la crueldad.
—Muy consolador, pero ¿recuerda...?
—Yo sólo recuerdo lo que me conviene.
—¿Y ahora no le conviene ayudarme?
—Maldita sea, no he hecho otra cosa que ayudarle desde que le conozco, ¿qué más quiere?
—Que no me ayude tanto y que me consiga la manera de ir a Narambi.
—¡Otra vez con lo mismo! ¿A qué viene tanta prisa? ¿O es que el señor se ha encaprichado con la cómica?

Di un paso hacia adelane apretando los dientes, y entonces descifré su irónica sonrisa: me había tendido una trampa un poco cruel y yo había caído en ella candorosamente. Volvió a someter al sillón a la dura prueba del súbito aplastamiento y se echó a reír sin ninguna compasión por los enamorados.

—¿Se divierte? ¿Se considera más allá de cualquier sentimiento?
—Amigo mío, en el curso de mi azarosa vida he hecho las cosas más impensables. Escribir novelas pornográficas con los más variados seudónimos, a poder ser franceses, redactar sermones para clérigos sin inspiración, ser

corresponsal de prensa en la guerra de los zulúes, publicar folletos por cuenta de la Liga de la Templanza, acompañar a nuestras tropas en el desembarco de los Ashanti, dar lecciones de bridge sin casi saber jugar...

—No siga, por favor...

—Claro que sigo, esto no es más que el comienzo. Organizar mítines para los whigs y para los tories, aunque siempre en condados diferentes, espiar por cuenta del gobierno en el norte de la India, encargarme de la sección de jardinería en varios periódicos de Londres, usurpar con buen fin una docena de personalidades y, lo más disparatado de todo, casarme un par de veces y hasta tener un hijo.

Me señaló una fotografía sobre su mesilla de noche, un niño de unos diez años vestido de marinero con el sombrero de paja encintado en una mano, mirando con expresión ansiosa hacia la cámara, junto a un barril y un ancla, y tras él un telón de fotógrafo elegante que figuraba un mar tempestuoso confundido ya con la niebla.

—¿Usted no descansa nunca?

—La vida ha de ser como un galop irresistible —replicó tarareando el celebérrimo galop de El príncipe y la molinera—. Como le decía, creo poder presumir de que en esta vida lo he hecho absolutamente todo (y le hago gracia de ciertos episodios más oscuros que me temo le podrían ruborizar, sólo le he citado lo confesable), pero le juro que lo que nunca me había pedido nadie es que hiciese de alcahueta. Señor barón, por Dios, éstos son asuntos rigurosamente personales. Antar también estaba muy entusiasmado con la señorita Minnie Hall (de una vulgaridad apabullante, créame, la policía ha caído muy bajo), que cantaba lo de Two lovely black eyes, etc. Pero se las apañó solito, a mí no me pidió ayuda.

Cuando ya me dirigía furioso hacia la puerta, de un salto se levantó para interponerse en mi camino, sonriendo de una manera quizá triste y un poco más humana de lo que tenía por costumbre, como si después de aquel desahogo sarcástico necesitase ahora sorprender con una máscara de benignidad.

—No se enfade, no quería ofenderle, es que eso del amor me cae un poco lejos. Le he demostrado muchas veces que soy amiga suya.

—Nadie lo diría.

—Lo grave no es lo que nosotras digamos, sino que ustedes se lo crean— sentenció.

—¿No tiene a nadie más para lucir sus frases de ingenio?

—Pues no, nunca he tenido buenos oyentes, el pobre Basil tampoco lo era, todo se lo tomaba en serio, igual que usted. Siempre he echado de menos un público que esté a mi altura.

—Siento defraudarla, por mí seguirá siendo una incomprendida, miente con demasiada perversidad para que yo pueda disfrutar de la representación.

—¿Perversidad? No sabe lo feliz que me hace.

—Ahora resulta que no es Miss como todo el mundo cree, seguramente no se llama como dice llamarse, tampoco es cierto que estuviera a las órdenes de Scott-Grey, es usted quien dirige todo ese lío de espías, y me engañó respecto a ese condenado tuerto, que sin duda es un agente suyo. Y cuando me promete algo es porque se propone no cumplirlo. ¿Cómo quiere que la crea? ¿Es que nunca dice la verdad?

—¡Nunca! —afirmó tajantemente—. No hay nada más peligroso.

—Pues yo ya estoy harto, déjeme en paz, buscaré una solución por mí mismo. Alguien nos llevará a través del desierto hasta Narambi.

—No sea loco, de momento deje las cosas tal como están. Ya pensaré algo para usted y para su amada, entre el tuerto y yo les sacaremos del atolladero, pero no se exhiba mucho porque aún tienen que ocurrir sucesos desagradables.

—A su lado no me extraña lo más mínimo, son su especialidad.

—Siempre he pensado que ser desagradable es un arte que conviene cultivar, pero no me refería a eso; la gran jugada no ha concluido aún, téngalo en cuenta, su vida y la de la joven que usted sabe no están seguras, el Hombre Gris anda por ahí y sospecho que con malas intenciones.

Extrajo de un cajón un sobre color canela y del sobre un soldadito de papel descabezado con uniforme escocés: guerrera roja atravesada en todas direcciones por el correaje blanco, kilt donde se cruzaban los verdes y los azules, y la peluda escarcela apuntando a sus botas que asomaban por el soporte para mantener en pie la figura.

—¿La expedición de Wolseley?

—Las cosas deben de andar mal por el sur, pronto lo sabremos. No cometa imprudencias, a fuerza de tanto hacerle rabiar le he cogido afecto.

—¿Qué quiere que haga? ¿Que me siente a esperar a los derviches o la orden de detención?

—Gajes del oficio, en los ladrones la paciencia es virtud. Pero, como diría el abate Hardouin, à tout péché miséricorde. Y ahora ande, salga de aquí que me compromete, ¿no ve que voy medio desnuda? —y antes de cerrar la puerta, ante mi expresión exasperada y atónita, todavía añadió burlonamente—: Como dice el sabio, el que no entienda que se pueda estrangular a una mujer es que no conoce a las mujeres.

Me quedé meditabundo en el pasillo y luego con mucha lentitud di unos pasos. Tenía que haber un modo de salir de allí con Patricia, pero si la expedición de Wolseley fracasaba todo iba a resultar mucho más difícil. Claro que si aquella loca imprevisible decidía por fin ayudarme... ¿Y qué diría Patricia? ¿Qué frase de Shakespeare iba a sacar a relucir?

El pasillo torcía a la derecha, y al llegar al codo me detuve otra vez. No tenía ninguna prisa por volver a mi habitación y a su soledad. Si se había producido un descalabro como los de Hicks Pachá o Baker Pachá, habría tal alboroto que no iban a preocuparse por un fugitivo que reclamaba la policía belga.

A mi espalda oí un rechinar rapidísimo, pero cuando volví la cabeza no había nadie, todo estaba desierto, y pensé que era un crujido de la madera. Además, todo el mundo era venal, Antar desde luego, y el tintorero Sayed y seguro que el tuerto pagándole lo que pidiese también. Bastaba con salir a la calle...

Sonaron dos disparos y un estrépito de cristales rotos me sacudió el alma. Volví precipitadamente atrás, golpeé la puerta de Miss Bloomfield y al cabo de un momento me abrió llevando todavía en la mano aquella pistolita que había visto entre su equipaje. El cuarto olía a pólvora y sobre la alfombra vi un puñal.

El viento hacía ondear las cortinas de la ventana, y al asomarme vi abajo como un muñeco desarticulado, un cuerpo en una extraña postura que parecía trazar en el polvo un signo de interrogación. Reconocí al ciego —supongo que falso ciego— que solía apostarse mendigando junto a la puerta del hotel.

Rebecca Bloomfield no parecía demasiado alterada, soplaba en los cañones de su arma diminuta y le sacaba brillo frotando con la manga de su bata, para admirar luego los reflejos que la luz arrancaba de aquella pavonada superficie, en un gesto muy femenino de quien está puliéndose las uñas.

Por fin descolgó el tubo acústico para pedir té para los dos, y añadió desganadamente, como por pura fórmula, una frase ininteligible sobre los vencejos. Encendió otro cigarrillo, y señalándose el opulento escote que dejaba ver el corsé bajo la bata, se limitó a comentar dirigiéndose a mí con voz neutra:

—Esos juguetes tan chiquitines se disimulan muy bien en mi anatomía.

IX

Después de que el vendaval de Dios hubiese barrido el sur, guarniciones desaparecidas al primer soplo, territorios inmensos que se les habían venido a las manos casi sin lucha, conversiones en masa, armas, víveres, pertrechos, cañones, desde el mar hasta el corazón del continente todo era suyo, excepto la ciudad en forma de colmillo de elefante, entre los dos brazos del río.

Al mando de la plaza que no debía rendirse estaba aquel inglés extraño de quien todos hablaban esperando que hiciese el milagro, el hermano de Augusta, la que tiempo atrás había conocido muy bien en Southampton la pobre Mrs. Cattermole. Allí seguía defendiéndose ante el ejército de los derviches como un león solitario que se sabe condenado a morir y que ya no pelea por la vida, sólo por el honor.

Era un héroe demacrado y de ojos azules, con el cabello casi blanco, que cenaba parcamente en el palacio del gobernador, junto al río, sin más compañía que un ratón travieso, porque se había quedado solo con unos cuantos servidores que le miraban más allá de la admiración, con miedo de que les obligase a hacer cosas imposibles.

Después de la cena pedía una, dos o tres copas de coñac, su medicina contra la fiebre, y levantaba dos dedos en forma de uve, señal convenida para que el criado liase un grueso cigarrillo, lo encendiese y se lo encajara en los dedos. Junto a la botella de coñac había siempre dos paquetes de tabaco que también le ayudaban a pasar la noche, escribiendo, pensando, releyendo las Escrituras.

Antes de que amaneciera estaba ya de pie; desde la ventana podía ver la hilera de acacias que separaba la fachada del edificio del parapeto y del río. Despotricaba contra los exploradores, los mercaderes, los políticos, los banqueros, los filántropos, los periodistas, los burócratas: era su preparación matinal para la jornada. Isaías había hablado ya de todos ellos, aunque no con estos nombres, y no precisamente muy bien.

Subía a la azotea para examinar con su catalejo, fabricado por Chevalier de París, las tres mil casas de la ciudad, las murallas de la parte sur, las casuchas demolidas, los grandes bazares, el jardín de la misión austríaca, el convento, el bloque cuadrado de los edificios del gobierno, los muros grises que se asomaban al río, las norias, las palmeras. El color del adobe se confundía con el del agua turbia.

Observaba el movimiento de los rebeldes, que iba estrechando el sitio, apretando la ciudad hasta la asfixia. La calma era una amenaza, de todos modos parecían estar condenados y él lo sabía mejor que nadie, pero también sabía que nadie a su alrededor tenía derecho a creerlo. Delito de traición.

No podrían evitar la muerte, pero, en resumidas cuentas, ¿acaso en Londres podían evitarla mejor que allí? Antes o después les esperaba a todos —también al cretino de Gladstone y a aquel hatajo de inútiles vanidosos que daban órdenes desde lejos, muy lejos—, y lo que contaba no era el fin, sino la dignidad de la espera, el gesto con que uno tenía que verla venir.

Rumiaba dicterios, condenas morales, orgullosas palabras respaldadas por la Biblia, la voz del honor y el sacrificio, la Inglaterra de los que eligen morir por una causa justa; maldiciones para todos los que vivían de la ganancia de Baal: mercanchifles, hombres de Estado, sesudos varones de ambas cámaras, tratantes de esclavos y de oportunas mentiras.

Pero también estaba escrito: Un río con sus brazos alegra la ciudad de Dios, y no será conmovida; Dios la socorrerá desde el clarear de la mañana. Y en Isaías puede leerse: Cerca está mi defensor, ¿quién quiere enfrentarse conmigo? Todos ellos caerán en pedazos como vestido viejo.

Quizás algún día Londres iba a conocer la misma prueba, con violencia será abatida la Gran Babilonia, lo dice el libro de la Revelación: And the light of a candle shall shine no more at all in thee, la luz de la lámpara no volverá a brillar en ti, ni se oirá más la voz del esposo y de la esposa, porque tus comerciantes eran magnates de la tierra, porque con tus maleficios se han extraviado todas las naciones y en ella se halló la sangre de los profetas y de los santos y de todos los degollados del mundo.

¿Sonaba esto a traición? ¿Seguía siendo él un fiel soldado de la Reina? ¿Qué otra cosa había sido en el curso de todos aquellos años, bajo cielos remotísimos, en noches cada vez más lejanas, llevando de acá para allá sus uniformes, el sable, la Biblia y el Prayer Book, su Marco Aurelio, un frasco de quinina, las dos botellas de coñac y jerez?

A sus horas se oían los almuédanos y también las campanas de la iglesia católica, y él se preguntaba: ¿Van a oírse las preces de monseñor Nogaro? ¿Y las de Bordeini Bey? Dios tenía que escuchar a todos, no podía hacer excepciones, cristianos e infieles. ¿Incluso a los derviches? Difícil pregunta teológica.

¿Tendría una contestación adecuada monseñor Nogaro? El recuerdo se remontaba a muchos años atrás, en Dublín, Pigeon House Fort, cuando su madre se empeñaba en salvar del papismo a las criadas irlandesas, con muy poco éxito si no le fallaba la memoria, y ahora no estaba seguro de lamentar que hubiese sido así.

Daba órdenes a sus oficiales, atendía consultas infundiendo seguridad a todos, luego hacía su ronda por el arsenal, los cañones, el patio, los cuarteles, los almacenes, protegido por su parasol blanco, y contemplaba pensativamente el vuelo de los halcones sobre el río. ¿Y la expedición de socorro? ¿Y Wolseley? ¿Se lo había tragado el desierto como siglos atrás engulló al ejército de Cambises?

Cuando oscurecía de nuevo, mandaba encender la aparatosa lámpara de veinticuatro velas, como un desafío. Que aquellos locos supieran que no habría rendición, jamás, jamás. Había rasgado el mensaje del hombre de Alá en el que se le ofrecía clemencia con rebuscadas frases de altivez y falsa humildad, y se le anunciaba que sus banderas entrarían victoriosas en Estambul.

¡El vendaval de Dios! Aquel vendaval estaba arrasando todo lo fútil que habían introducido ansiosamente en sus vidas. Ahora ya sólo lo importante tenía importancia, lo demás había dejado de existir. Al menos, pensaba, nadie me invita a cenar esperando que se lo agradezca, ¿por qué no invitan a cenar a quien lo necesita?

Tanto tiempo, también él, de perseguir sin descanso los honores, no el Honor, su afición ridícula a las ostras, su susceptibilidad, la inquietud constante por el agotamiento del botiquín: ¡se acabó la Bromide Estomacal del doctor Collis Browne! ¿Y ahora qué hacemos? ¡Qué más daba!

El héroe de los ojos azules pensaba en el coronel Stewart, sacrificado estúpidamente por una causa que no era la suya ni la de nadie. Pero las causas justas eran de todos. ¿Y él? ¿Qué causa defendía allí, en la conjunción de los dos ríos, frente a unas hordas de fanáticos que estaban tan seguros de la razón de su lucha?

Últimamente había oído tantas historias... Estaban por una parte los derviches, con sus extravagantes cantilenas de infieles, pero además monseñor Nogaro le había hablado de extrañas herejías entre los cristianos al borde del desierto, cristianos solos, aislados, casi en la desesperación, que daban pábulo a creencias estrafalarias y consoladoras.

San Pedro iba a volver al mundo, primero se dejaría ver en Jerusalén, más tarde en Roma... Es posible que eso al Papa no le gustase. ¡Qué disparates! Aquello era el fin y él no era más que un testimonio, sin nada por qué luchar, salvo por la locura, la razón de la fe. Nada pierde quien pierde por Dios.

Decididamente era un fracaso. No iba a redimir a nadie, seguirían vendiendo esclavos a cuarenta o cincuenta dólares por cabeza, los derviches continuarían cosiéndose parches en la túnica, un parche por cada pecado, los ingleses seguirían interesándose más por sus comidas que por cualquier otra cosa del mundo. O por el críquet o por el Turf Club.

Daban ganas de olvidarse de todo, ¡qué bien prescindir de los elogios de los periodistas, qué bien que nadie se acordase de él, excepto Augusta, pero ella sabría comprender! El sueño de toda su vida siempre fue quedarse en cama hasta las once comiendo ostras, y ahora recordaba aquel capricho casi con despegada ternura, todo era lo mismo.

Cuando él hubiese desaparecido nada iba a cambiar, dirían que era un loco, y a lo mejor Dios pensaba igual: que era un loco que se había tomado por héroe y que creía poder derrotar al Mal con su revólver —o, más risible aún, siendo un buen administrador—, creyendo a ciegas, insensatamente, que bastaba dar la vida para salvar a la Humanidad.

¿Acaso se tomaba por Cristo, por un mesías, como aquel absurdo descendiente de Mahoma o lo que fuera que tenía enfrente? No, no podía hacerse la ilusión de ocupar el lugar de Dios, ni siquiera de representarlo; él sólo representaba su orgullo y su honor, su soledad, su inutilidad, su fracaso, ésta era su fuerza. Por eso nadie podía derrotarle, aunque le descuartizaran como al pobre Stewart.

¿Y aquellas averiguaciones suyas? (¿Podían llamarse científicas, teológicas, cómo?). Si la ciencia no acababa en teología, peor para ella. Aden, ¿recuerdo del Edén? El árbol de la ciencia del Bien y del Mal, ¿era la lodoicea seicherallum? Le coco de mer... ¿Cómo era aquel verso de Milton? ¿Cómo iba a acordarse de algo así en aquellas circunstancias? Y no obstante era lo único que le interesaba.

¿No atentaban esas figuraciones contra la voluntad de Dios? ¿Y cuál era la voluntad de Dios? Isaías dice... El coronel Stewart no hacía ningún caso de Isaías, en cambio creía firmemente en la estrategia, en la intendencia y en el Estado Mayor, zarandajas. Aquí están aún Leontides, Martin Hansall, Klein, Aser, y ellos no sé en qué creen. Tal vez creen en mí.

Sus ojos, que eran como diamantes, se posaban una vez más en el paisaje, y recordó el adagio cruel: Cuando

Alá hizo esta tierra soltó una carcajada. Era una mala tierra, pero el Señor se la había asignado como guardián, y él era un instrumento de Dios, Dios vivía en él de un modo palpable, a menudo creía sentir los latidos divinos duplicando los de su propio corazón, como un eco tan próximo, anunciándose. ¡Cómo deseo su llegada!

¿Y quién podía juzgar aquella tierra y sus horrores? ¿Los ingleses? ¡Ay de la ciudad grande en la cual se enriquecieron cuantos tenían navíos en el mar, a causa de su suntuosidad! Porque en una hora quedó devastada, la ciudad que se vestía de grana, lino y púrpura, adornándose de oro, piedras preciosas y pieles, ha venido su juicio, será consumida por el fuego, y todo piloto y navegante, los marineros y cuantos pelean con el mar, se detienen a lo lejos y claman al ver el humo de su incendio: ¿Qué había igual a la ciudad grande?

Así transcurrieron trescientos diecisiete días, trescientos diecisiete días de sitio y de esperanzas, de noticias que eran contradicciones, y algo se supo —por un oficial solitario apostado con gran riesgo de su vida, no lejos de los campamentos del enemigo— del avance de una columna en las últimas semanas.

Había habido una batalla cerca de los pozos de Abu Klea, una batalla sangrienta en la que diez mil derviches pudieron ser rechazados por la impavidez de nuestras tropas; y luego una escaramuza en Abu Kru, encuentro que duró pocos minutos, nada decisivo, todo estaba aún en el aire.

Y cuando se cumplía la jornada número trescientos diecisiete del asedio, los guerreros vadearon el río con agua hasta las rodillas, dirigidos por jefes con cascos y mallas que relucían igual que el oro. Eran poco más o menos las tres de la madrugada cuando le despertaron, y hacía pocas horas que se había dormido.

Subió a la azotea en camisón y desde allí oyeron lento y claro el sonido de la ombeya, un enorme cuerno de marfil, y millares de pequeños cuernos de gacela empezaron a tañer agudamente, mezclando su tosca música a la de los grandes tambores militares y a la del triquitraque de la nugara, un tronco de árbol hueco y recubierto de cuero.

Al mismo tiempo se oyó el grito de guerra que era la señal para el asalto. Sobre el agua había un oleaje de banderas: la verde del califa Mohamed, la negra de Abdulahí, la roja del califa Alí, y los estandartes de los emires, de vivos colores, llenando la franja del río frente a los muros del sur de la ciudad.

Un comerciante albanés superviviente por quien se conocieron todos aquellos detalles, y que de un modo milagroso logró escapar hasta ser recogido en el desierto por una avanzadilla inglesa, contaba que en la oscuridad el héroe se movía como un espectro, y que iba repitiendo en voz baja: Me ceñiste de fortaleza para la guerra, sometiste a los que se alzaban contra mí.

La invasión iba derramándose sin pausa por las brechas en medio de un tiroteo cada vez más espaciado, y desde la azotea disparaba él solo una pieza de campaña contra los atacantes, hasta que comprendió que estaban demasiado cerca y que había llegado el momento. Aunque haya de pasar por un valle tenebroso, no temo mal alguno porque Tú estás conmigo.

Entonces despidió a los que le rodeaban y fue a vestirse de gala: su uniforme blanco de gobernador, en una mano el revólver, en la otra el sable, y se apostó en lo alto de la escalera, esperando el final. Allí le vieron por última vez, grave y sereno, desdeñoso y firme.

Lo que ocurrió después son conjeturas, porque ningún superviviente —el albanés se había perdido en el tumulto de la enloquecida ciudad— asistió a los últimos momentos, que hay que reconstruir en la incertidumbre, sin que sepamos más que lo que puede dictarnos la verdad de la imaginación.

Según unos, vació el tambor de su revólver contra las turbas que invadieron el palacio, cuidando de no errar los tiros, aunque sólo fuera por pundonor de oficial (aunque uno se pregunta si detalles tan incomprobables no forman parte de la leyenda que envolvía al héroe incluso antes de morir de una manera u otra).

Según otros, se abstuvo de disparar, engolfado en sus pensamientos, limitándose a clavar sus ojos azules en la masa de derviches vociferantes que tenía ante sí, cada vez más cerca. Tampoco ningún testigo presencial puede abonar esta segunda hipótesis, en la que hay una ensimismada grandeza.

Parece que murió a lanzadas y que todo eso ocurría muy poco antes del amanecer. Le cortaron la cabeza y se la llevaron envuelta en un pañuelo para clavarla en el tronco de un árbol, entre dos ramas que tenían forma de horquilla; todos los que pasaban por allí maldecían su nombre y le arrojaban piedras.

Mientras, hubo el saqueo y la matanza, un cuadro de horrores, de humillación y muerte del que tuvimos muchas noticias, pero que renuncio a describir. Dejemos el horror entre paréntesis. Dos días después las tropas inglesas llegaban por fin a la vista de la ciudad. Demasiado tarde.

Esta historia, contada, exagerada, poetizada, con añadidos de fantasía y truculencia, nos consternó a todos, y por vez primera medí lo que podía significar todo aquel intríngulis de los depósitos de armas, de la acción del Hombre Gris, de las muertes que habían jalonado a nuestro alrededor aquel misterio.

En mis visitas a Patricia, a la que ahora por fin podía ver, convaleciente, pálida, con la cara afilada por todo aquel tiempo de reclusión y tenaces calenturas, hablábamos de muchas cosas, pero sin decir nada de la única que nos interesaba de verdad a los dos, dábamos vueltas y revueltas por el pasado bordeando una cuestión en la que nos iba la vida.

Una y otra vez, en las tibias tardes de invierno propias de aquel país, en medio de una entoldada luz que amortiguaba la visión y que nos envolvía en grises acogedoramente blandos, parecíamos respetar un escrupuloso olvido, como si una frase temeraria pudiese bastar para romper el frágil equilibrio de nuestra compañía provisional.

Una y otra vez, paseando por el huerto, por el jardín de las colegialas o por los alrededores de la misión, llegábamos como al borde de aquel precipicio que se abría ante nosotros en forma de preguntas indecibles que una vez hechas, fuera lo que fuese lo que se contestara, tenían que cambiarlo todo, no admitían ya retroceso.

Pero siempre volvíamos pie atrás, justificando el temor, la cobardía, la indecisión, el aplazamiento, con un rasgo humorístico, una cita literaria —tanto daba Shakespeare como Gilbert y Sullivan—, elaboradas muestras de una cortesía engañosa obsesionada sobre todo por no decir.

Por lo que a mí respecta, era la dulce melancolía de los derrotados, el abandono a una sensación de renuncia en la que encontraba goces secretos de pasividad, repitiéndome que nada podía hacer, que no había caminos practicables, y de eso extraía una complacencia amarga e infantil en mi desvalimiento.

Ella me parecía una incógnita, o, mejor dicho, una duda que yo sentía horror de que pudiera disiparse, mientras no se dijese lo que podíamos decirnos los dos estábamos a salvo, a salvo de un futuro ante el cual quizá preferíamos cerrar los ojos, alargando con nuestras interesadas omisiones aquel intermedio artificial cuyo fin era imprevisible.

Era como hablar sin verse las caras, separados por una puerta que hubiese requerido tan sólo un pequeño empujón para dejar de ser un obstáculo, para que nada se interpusiese entre los dos, pero aquellos diálogos en los que medíamos tan bien la distancia que había que guardar respecto a la verdad oculta acabaron por ser más que una costumbre o un miedo, una garantía aberrante de que se prolongaba aquel estado de cosas.

Yo le hacía continuos regalitos que formaban parte de un lenguaje de una elocuente ingenuidad, y llené su minúscula celda en el convento de chucherías, cachivaches, chales y todo género de objetos superfluos y cariñosos que no tenían más fin que llenar imaginariamente el hueco que los dos, temiéndolo todo, dejábamos con las palabras.

Sin que en ningún momento se dijese, sí estuvo claro desde el principio que ella se proponía volver a Inglaterra en una fecha próxima pero indeterminada, reanudar en la medida de lo posible sus actividades, Londres, las giras por provincias con compañías de segundo o tercer orden que reavivaban la llama sagrada de Shakespeare en condados remotos.

Detrás de sus proyectos, en el leve esbozo inseguro de lo que al parecer se proponía, yo creía ver ya el ajado papel de las paredes en pensiones tristes, impregnadas de rancios olores de grasa, anodinas salas de estar con retratos familiares ridículos y en el cuartucho una jofaina siempre con un fondo de agua sucia.

Y teatrillos, según el modelo que aún tenía en mi retina de los Queen Gardens, con nombres pomposos y desatinados, que se utilizaban también para reuniones de la parroquia, y el vestuario con mucho oropel que fingía la suntuosidad, sin duda con desgarrones como el de la manga de su vestido verde.

Y un público adormilado semiconvencido de la necesidad de ver y oír una vez al año lo que tenía que oírse y verse, como una ceremonia inútil e inexcusable, aburrida. En medio de tanta grisura restallarían versos, palabras como bandadas de pájaros indecisos, perdiéndose variamente en el aire.

Y creía ver ya las tentaciones insípidas y desesperadas de la aventura trivial en la soledad, sabiendo que una cómica errante no puede aspirar a grandes cosas, tal vez ni a respetarse a sí misma, para qué, para quién, una vez se despoja de las galas de Shakespeare y sobre su cabeza sólo hay cielos foscos de tedio y de bruma.

¿Pensaba en esto Patricia o eran novelerías vacilantes que me hacía yo? Pero aquellas imaginaciones que a veces me asaltaban tenían la virtud de distraerme de mí mismo, por un momento me atribuía el papel de salvador de jóvenes caídas en el desamparo, y la brillantez de mi actitud irreal iluminaba el horizonte negro de mi propia vida.

De mí ella no hablaba más que con un tacto asustadizo, temiendo rozar lo inconveniente o lo inconfesable, respetando un enigma que había adquirido calidades de gran drama a fuerza de no salir a la superficie, de permanecer en la oscuridad como una joya que sólo relucía en las tinieblas.

¿Qué podía decirle? ¿Que me perseguía la justicia y que estaba viviendo allí como de prestado, en una precaria libertad que aún era posible gracias a las difíciles comunicaciones, la lejanía de Europa, el soborno y la guerra del sur que relegaba comprensiblemente a un segundo término cualquier otro asunto?

En aquel lugar confuso y apenas semihabitable, en la misma frontera del caos y la desolación, entre espías, soldados, turistas y arqueólogos, yo era una sombra imperceptible, pero no podía aspirar a nada más, en el mejor de los casos a una huida hacia lo desconocido para acabar de perderme en la noche.

Ella sabía que yo jamás había sido barón, pero prefería no preguntar acerca de mi impostura, como aferrándose a una ficticia ignorancia que nos estaba permitiendo un lento pasar de días invernales, incoloros, felices a nuestra manera, en turbios atardeceres que sabíamos iban a durar muy poco.

—Si habláis de amor hacedlo en voz muy baja.

Fue la única observación, shakesperiana y ambigua, más o menos irónica —o estridentemente sincera bajo el disfraz de las palabras nobles del Vate— que me hizo una vez cuando el coloquio se deslizó por imprudencia mía hacia terrenos que considerábamos como inaccesibles.

Aunque creo que siempre hablábamos de amor, no de otra cosa, pero las voces eran tan quedas que lindaban con un silencio aparente, como si no hubiese expresión más pura de nuestros sentimientos que la banalidad ingeniosa, tímida y angustiada de lo que un día tras otro nos decíamos.

No remover aquel tiempo interrumpido que gozábamos, alargar indefinidamente por omisión aquel intervalo fugaz en nuestras vidas, en medio de tantas amenazas de la realidad que sólo podíamos conjurar no queriendo saber quiénes éramos ni en qué íbamos a convertirnos más tarde, eso era el amor al precio de no decir jamás su nombre.

Cuando no estaba con Patricia, deambulaba por las calles como un sonámbulo, forjando proyectos y quimeras a cuál más bello y caprichoso, más irrealizable, erigiendo torres de viento en la imaginación con incorpóreas visiones de una India soñada e ideal que estaba al alcance, si no de mi mano, sí de mi fantasía.

Y me detenía sin prisas y complaciente ante todos los engañabobos que inventaban los indígenas para sacar unas monedas a europeos fascinados por las rarezas del exotismo, oyendo sus atropelladas explicaciones según las cuales por una ínfima cantidad, por tan poco dinero que era imposible no sentir la tentación, uno podía obtener maravillas.

Pero apenas quedaban europeos en la ciudad, la agencia Cook había suspendido los viajes en espera de tiempos mejores, e incluso los residentes habían puesto tierra por medio, asustados por las noticias de la campaña del sur. Entre los derviches y nosotros estaba aún Wolseley, pero se empezaba a dudar de que su ejército fuese invicto.

Muy solicitado, pues, como raro ejemplar de la fauna turística superviviente, me asaltaban con ofertas ininteligibles en un inglés horrendo que no hubiese reconocido Shakespeare, tratando de hacerme comprar objetos que ponían de manifiesto la fértil y descabellada imaginación de los aspirantes a vendedores.

Serpientes domesticadas sin dientes, carnemomia para algún uso medicinal y repugnante, planos de tesoros ocultos al amparo de la tumba de algún santón musulmán (éste debió de ser el origen de la monomanía de Mrs. Leforest, de tan fatales consecuencias), llaves que abrían la cámara de beldades ansiosas de amor, profecías que había que suponer rigurosamente falsas sobre todo lo humano y lo divino.

Una uña de Mahoma y un mechón de pelo del héroe que pereció ante los derviches, filtros mágicos para conseguir la gloria, el amor o la riqueza —y que al parecer no sabían utilizar en provecho propio sus andrajosos e infelices vendedores—, bálsamos sanalotodo, cocodrilos disecados, amuletos.

Para no hablar de esclavos de los colores más diversos —lo cual infringía un montón de leyes humanitarias y severísimas que como es natural no solían cumplirse—, mujeres de cualquier raza para lo que uno quisiera, muchachos para sodomizar, camellos, armas, municiones, antigüedades, influencias. Todo.

Lo que nadie me vendía era libertad, una caravana que cruzase el desierto hasta Narambi, y al oírme mencionar la petición sacudían tristemente la cabeza y hablaban de los cadáveres irreconocibles, casi mondos, que últimamente habían encontrado por allí; tal vez el tintorero Sayed era uno de ellos, sólo Alá lo sabía.

Me aseguraron ante mi insistencia que los restos encontrados en el camino de las caravanas, pasto de los chacales y de las aves de rapiña, parecían de hombres, no, decididamente no eran los de Mrs. Leforest, cuya desaparición fue mucho más limpia y misteriosa, como evaporándose en el aire.

Porque cosas así también pasaban, me aseveró un anciano que en el curso de su larga vida había visto todos los portentos que la humanidad podía concebir y aun otros inconcebibles; había víctimas de asesinatos, pero también espíritus capaces de arrebatar a cualquiera con su maléfico soplo, hundiéndonos para siempre en pozos infinitos de negrura que estaban al otro lado de las nubes.

Este podía ser el caso de Mrs. Leforest y de su criada Dinah, esto podía explicarlo todo, según él, y para precaverme de tales peligros no había como un talismán, aquella piedra rosa y pulimentada que tenía que llevar colgada al cuello, y que yo podía adquirir por la irrisoria suma de unos chelines.

Compré el talismán, naturalmente, divertido y algo dudoso, y seguí con mis paseos meditabundos en los que me deseaban mil veces al día que Alá allanase mis caminos, pero sabiendo que aquello no me solucionaba nada, sin conseguir ver claro, sin encontrar siquiera un criterio, una norma acerca de lo que iba a hacer conmigo mismo.

Hasta que sucedió lo de aquella mañana. Recuerdo que era un día más en que zanganeaba por las viejas calles mirando las mercancías que obstruían el paso, y me encontré delante de la mezquita de ladrillo. Fui hasta el portal de la tienda de Sayed, que continuaba cerrada, y allí me detuve contemplando pensativamente la franja de almagre.

Se oyó un largo aullido y al levantar la cabeza vimos caer un cuerpo desde lo alto del alminar; todos nos precipitamos hacia el patio de la mezquita, y allí estaba el cadáver de un europeo junto al aljibe usado por los fieles para sus abluciones. Era el sportman del velocípedo, a quien yo suponía ya muy lejos de aquel lugar.

Primero pensé en un accidente, pero no tenía sentido, ¿qué iba a hacer allí arriba, desde donde el muecín lanza su voz a los cuatro puntos cardinales dando vueltas en torno de la baranda? ¿Por qué no se había ido con los Chappelow, con Watson, con Hamm y con los demás, a quién quería aún convencer de las ventajas de su artilugio de dos ruedas?

En seguida hubo que descartar la posibilidad de un accidente, porque tenía un puñal clavado en la espalda. Surgieron no sé de dónde un par de gendarmes que, con una diligencia que yo aún no les había visto, después de descalzarse penetraron en la mezquita entre justicieros y reverentes.

Desde el umbral, en medio de un excitado griterío, yo miraba las columnas del interior sumidas en la sombra, el mosaico de madera y un deslumbrante púlpito con arabescos. ¿Quién podía haber tenido interés en matar a aquel hombre, tan inofensivo y un poco ridículo para los que le habíamos tratado?

La persecución fue inútil, el asesino había logrado huir, pero apoyado en la baranda encontraron un fusil de fabricación inglesa. Aquello tampoco me pareció lógico, ¿por qué un fusil? ¿Es que quien había matado al sportman subió al alminar armado hasta los dientes, con un arma de fuego, que acabó abandonando, además del puñal?

Cuando me disponía a irme, un gendarme me retuvo diciéndome que había recibido órdenes de hacerme esperar allí porque el jefe Antar quería hablar conmigo. También aquello me pareció extraño. ¿Cuándo había dado aquellas órdenes Antar? Sin duda antes del crimen. ¿Lo había previsto, me andaban siguiendo?

Al cabo de unos minutos se presentó el policía, y antes de saludarme examinó el cadáver e hizo muchas preguntas a los testigos. Luego se dirigió hacia mí llevando en la mano la documentación del muerto. Cuando le abrí mi petaca creí ver que dudaba antes de aceptar, lo cual me dio idea de la gravedad de la situación.

—Veo que sigue adornando la ciudad con su presencia— dijo muy serio.

—Creí que sabía que no tengo adónde ir.

—Lo curioso es que siempre está usted donde pasan cosas inexplicables y criminales.

—Dudo que sea un privilegio.

—Alastair Higginbottom Murray —leyó con un énfasis que me hizo pensar que consideraba falsos aquellos papeles—. ¿Sabe que este caballero se proponía matarle?

—¿A mí? ¿Pero por qué?

—Nunca faltan razones para matar.

Era una justificación tan buena como cualquier otra. Volvimos la cabeza hacia el cadáver, en cuya espalda había un tremendo desgarrón de color rojo por el que se había vaciado vertiginosamente de vida. Chasqueó la lengua como para disipar pensamientos inoportunos y fúnebres.

—¿Para eso era el fusil?— pregunté.

—Claro. Puede estar agradecido a alguien.

—¿Alguien que sólo tiene un ojo?

No me respondió. Fumaba en silencio contemplando el leve temblor del agua del aljibe hacia la que se escurría un hilillo escarlata, hasta que por fin dijo como quien comenta una circunstancia inevitable de la que en el fondo sería injusto achacar la culpa a un individuo concreto:

—Es usted la persona más engorrosa que he conocido.

—Más que el Hombre Gris, supongo.

—Mucho más. Con usted nunca sabemos lo que hay que hacer, es desesperante.

—Invente nuevas gabelas— propuse.

—Nada de gabelas. Cumpliendo un deber imprescindible, aunque penoso, le diré que el asunto de cierto fugitivo estaba amodorrado hasta que inesperadamente...

—¿Inesperadamente?

—Por telégrafo preguntan con mucho interés por cierto conspirador español.

—Aquí no hay ningún español, que yo sepa.

—Es lo que yo les he dicho, pero no se tranquilizan. Se han puesto muy nerviosos.

—Eso es malo para la salud.

—Órdenes son órdenes— dijo en un tono lastimero, como si yo le preocupase de veras.

—Pero las órdenes pueden esperar, sobre todo si son urgentes.

—Pide usted mucho— suspiró.

—¿Y usted cuánto pide?— pregunté ya con todo descaro.

—Le doy tiempo hasta la puesta de sol de mañana —fingía no haberme oído—, no puedo hacer más. Si mañana por la noche sigue en el Richmond le detendremos.

—¿Lo sabe Miss Bloomfield?
—¿Qué es lo que no sabe Miss Bloomfield?
Quizás estuvo a punto de añadir que lo sentía, pero se reprimió y nos separamos. Aquella gorda infame cuando las cosas se ponían feas se desentendía de todo. Pero no, no me resignaba, los primos de Antar no me encontrarían con un vaso de whisky en la mano, estoicamente, en el cuarto de mi hotel.

Pediría a Patricia que me acompañase, y al día siguiente fletaríamos un barco hacia el norte, conseguiríamos papeles falsos, me disfrazaría de lo que fuese, como un espía más; tal vez me cogieran, pero no allí, agazapado como un cobarde. Lo mío siempre había sido huir y ahora volvía a estar en mi elemento.

Desde luego, aquella tarde no dije nada a Patricia, no le propuse que huyera conmigo, ni siquiera me mostré preocupado, paseamos como de costumbre por la orilla del río, y al oscurecer volvimos pausadamente a la misión, conversando como buenos amigos que comparten un secreto absurdo.

Al despedirnos, entre los dos flotaba una sensación de congoja irresistible que yo vestí con palabras poéticas y galantes; desde las ramas desnudas de la higuera un pájaro nos envolvió en un aire de melancolía, pero se interrumpió bruscamente, como si se sobresaltase por haber dicho demasiado.

X

Al día siguiente después del desayuno pagué la cuenta del hotel y salí a la calle entre las múltiples reverencias de los empleados con un frenético agolpamiento de ideas en la cabeza, dudoso y sintiéndome dueño de un ímpetu que aún no sabía en qué emplear. Tenía pocas horas por delante, las últimas, y demasiados proyectos entre manos.

¿Alquilaba un coche o iba a pie? Pero ¿adónde? La documentación falsa, ajustarme con el patrón del barco, lo del disfraz, hablar con Patricia, todo no podía hacerse al mismo tiempo. Lo más delicado era lo de Patricia, pero sabía que cobardemente iba a dejarlo para el final, con la absurda esperanza de que la cuestión se resolviera por sí sola.

Claro que el abate Hardouin me ayudaría, cuando le dije que era un ladrón me pareció que pensaba Hay cosas peores, y sólo se le ocurrió acordarse de san Dimas. Me detuve en el lugar que durante tantos días había ocupado aquel mendigo ciego, que resultó no ser ni mendigo ni ciego, que era un falsario igual que yo, igual que todos.

Un cochero se paró a mi lado y me hizo una señal suplicante para que contratara sus servicios. ¿Por qué no? Era un buen momento para que me pasearan, podría pensar con calma haciendo de turista, dejando que las cosas desfilasen desinteresadamente ante mis ojos mientras tomaba una decisión.

Aunque no estaba seguro de querer tomar una decisión, y al cabo de unos minutos, mecido por el traqueteo del coche, comprendí de un modo clarísimo que no iba a hacer nada. Me invadió un gran sosiego con una dulce parálisis de la voluntad en la que había también extrañeza por aquel abandono de mí mismo.

Desdoblándome en un espectador incomprensivo y perplejo, me veía en aquella pasividad complacida y amarga, sin entender mi propia actitud de renuncia, pero me agarraba cada vez con mayor fuerza a la paradójica decisión de no tomar ninguna, de dejar que la vida las tomara por mí.

Mientras estaba pensando triste y gozosamente que no iba a hacer nada, que me vería libre de la obligación de elegir, de seguir luchando, me encontré ante el castillo que por lo visto mostraban a todos los extranjeros como una curiosidad local notable, y que en mi memoria era un deforme y blanco fantasma maltratado por el tiempo en medio de la negrura.

Ahora, a plena luz, aquella construcción como de nieve sucia que se iba fundiendo poco a poco bajo el sol, me pareció más noble y pintoresca, aunque efectivamente muy ruinosa. A su alrededor había casas coronadas por enormes conos de tierra llenos de agujeros donde anidaban las palomas silvestres.

En la parte central vi dos torres con las cúpulas hundidas, y restos de lo que fueron almenas acababan perdiéndose en el vacío, pero por detrás su estado era aún más lamentable, con una especie de rampa en espiral para que los que utilizaban el castillo como cantera pudiesen tener acceso a las alturas y continuar allí su expolio.

Desde arriba se veían tumbas en forma de colmena, cañizares y huertos hasta el laberíntico caserío de la ciudad, y al fondo el río como un trazo pardusco. El murallón proyectaba una sombra mellada, como un monstruo con grandes fauces que se dispusiese a engullir la luz. Entonces advertí que el cochero había desaparecido.

Sobre la explanada volaban aturdidamente las palomas, pero del cochero no se veía ni rastro. Anduve un poco inquieto por los escombros y me aventuré hasta una cornisa que iba a morir en una pared ciega, donde un resbalón casi hizo que me despeñase, y por fin me decidí a bajar corriendo, dando trompicones, alarmado por haberle perdido de vista.

Al pie de la rampa tampoco le vi ni a él ni al coche, pero sí había un objeto muy visible que minutos antes, cuando emprendí la subida, no estaba en aquel lugar: un ovillo de lana roja con el hilo deshecho que se perdía tras un ángulo de la fortaleza. Seguí aquella señal con el revólver amartillado.

El hilo se introducía en la cerradura de un portillo herrumbroso que abrí sin dificultad. ¿Hay alguien?, grité. Silencio y luego como un rumor de risillas que quizás no era más que una ilusión. Ante mí se abría un pasadizo inclinado de cuatro o cinco pies de ancho por siete u ocho de alto, con partes desmoronadas y una escalera labrada toscamente en la misma piedra descendiendo hasta la oscuridad.

Me introduje con mil precauciones por el misterio del pasadizo, que desembocaba en una cámara circular donde pude ver aves embalsamadas metidas en grandes jarros de tierra cocida, junto a pequeños nichos con muescas indicadoras de que habían servido alguna vez para medir el paso de los días.

Gemidos melodiosos salían no sé de dónde, acaso obra

del viento en alguna abertura invisible o fruto de mi temor, y a cada fósforo con que me alumbraba veía lagartos disparándose como flechas verdes hacia el corazón de las tinieblas protectoras. Luego franqueé una reja de hierro muy sólida y de goznes bien aceitados.

El pasadizo continuaba formando un recodo y allí me asaltó un inconfundible olor a cacao, yo incluso hubiera dicho para precisar más que de la marca Cadbury. Se dibujaron ante mí tres rayas de luz correspondientes a otras tantas puertas: el interior de aquel castillo en ruinas venía a ser como un Richmond de deteriorado aspecto.

Al asomarme a la primera puerta me estalló en la cara una pompa de jabón, pero lo que vi inmediatamente después aún me dejó más sorprendido porque superaba con mucha diferencia cualquier posibilidad de mi fantasía (uno siempre tiende a creer el mundo más previsible de lo que es).

Mrs. Leforest dormía plácidamente entre sonoros ronquidos ante un tablero de backgammon con una partida sin terminar, y dándome la espalda, Dinah se entretenía lanzando al aire irisadas pompas de jabón con una caña hueca. Ambas producían una impresión tranquila y hogareña, como creyéndose ajenas a cualquier peligro.

No parecían mujeres secuestradas o tal vez ya se habían acostumbrado al cautiverio. ¿Eran rehenes del Hombre Gris? Pero ¿por qué no las había hecho desaparecer como a los demás, él que era tan expeditivo en estas cosas? ¿Y quién había detrás de las otras puertas, por debajo de las cuales se filtraba luz?

Me retiré de puntillas y empuñando el revólver abrí violentamente la segunda puerta dispuesto a enfrentarme a tiros con un sangriento mercenario que tal vez esperaba la ocasión de pedir un crecido rescate por aquella señora inglesa rica y un poco chiflada que perseguía tesoros ocultos.

En la estancia sólo había un joven vestido a la europea a quien interrumpí en su juego: sobre un tablón apoyado sobre caballetes se había reproducido una batalla con soldaditos de papel, en un paisaje en miniatura —el río curvándose como un garfio en torno al desierto, y una ciudad junto a su orilla— que ocupaba toda la superficie de la madera.

Desde luego, no podía ser el Hombre Gris porque no tenía nada de feroz, era más bien anodino, con anteojos sujetos a la nariz por unas pinzas y manguitos, como un escribiente de banco o de compañía consignataria de buques, mediocre y formal, con muchos deseos de llegar a ser alguien en su actividad oficinesca.

Me sentí espantosamente ridículo, y cuando ya me disponía a presentar mis excusas noté que a mi espalda me apretaban los riñones con un objeto redondo que sólo podía ser el cañón de una pistola. Al mirar hacia el suelo vi detrás de mí unos borcegues de puntera colorada, y me ahorré las excusas.

—Por favor, entre y siéntese, se lo ruego.

Me invitó a dejar el revólver sobre una mesilla y despidió con un gesto al invisible esbirro, sólo reconocible por sus pies; oí cómo se cerraba la puerta, y el joven del binóculo insistió en que me acomodara, lamentando que la rusticidad de todo aquello no estuviese a la altura de un verdadero barón.

El suyo era un tono frío y cortés, como el de un personaje incongruente surgido de una pesadilla que por el mismo hecho de habitar nuestro sueño se impone como una realidad inconmovible, dictando las leyes de la lógica y la verosimilitud, y obligándonos a que aceptemos el absurdo como una consecuencia fatal de que él existe.

—¿Y ahora qué?— dije.

—Ahora nada, ¿qué insinúa? Ya ve que no me como a nadie.

—Según mis noticias últimamente se ha comido usted a unos cuantos.

—Igual que en el backgammon, el juego consiste en comerse damas del enemigo.

—Damas blancas y negras, como Mrs. Leforest y Dinah.

—Parece inevitable, el juego es el juego, yo no lo inventé.

Desvió la mirada hacia sus soldaditos, como si le aburriese discutir una cuestión archisabida y banal. A la luz de los dos quinqués que colgaban de las paredes mi revólver brillaba casi al alcance de mi mano, pero no me atreví a adoptar una actitud heroica, aturdido por la sorpresa de aquel encuentro estrambótico.

—Ahora tendrá que asesinarme también a mí— dije como pensando en voz alta.

—No tengo más remedio, pero no se sienta importante, matar es un hecho fortuito como la vida misma, que es esporádica y accidental. Son cosas que pasan.

—Cosas que pasan a alguien, pero que otro hace o manda hacer.

—¿Cree usted de veras que hay alguna relación entre lo que hacemos y lo que ocurre? —preguntó casi escandalizado—. No exagere.

—Siempre lo había creído así.

—Pues está en un error, yo sostengo que no somos responsables de nada —afirmó—. Si aprieto el gatillo y uno se muere, ¿acaso es culpa mía?

—Es usted fascinante como teórico.

—No podría vivir cargando con tanta responsabilidad. Pasar, lo que se dice pasar, pasan muchas cosas, unos matan, otros mueren, se juega un rato y luego tan amigos. Todo es azar, yo solamente juego, se lo repito.

¿Estaba ante un cínico o un loco? Supuse que sólo quería reírse un poco de mí antes de dar la orden de que nos degollaran. Convocaría a aquel siniestro sujeto de los borceguíes colorados, que sin duda estaba esperando detrás de la puerta, y me comunicaría con una sonrisa impecable que la próxima jugada iba a consistir en cortarnos el cuello.

—¿Cree que no se muere nadie?

—No creo que demos para tanto. Desengáñese, somos abstracciones.

—¿Quiere decir falsas apariencias?

—Sí, envolturas vacías, simulacros engañosos, sombras que creen ser lo que no son.

—¿Luego usted no es un asesino?

—¿Por qué iba a serlo?

—Por ejemplo, por sembrar la ciudad de cadáveres.

—Se escandaliza usted por nada. En el sur han muerto miles de hombres —señaló el modelo de la zona de operaciones militares y cogiendo uno de los soldaditos con uniforme inglés lo estrujó entre sus manos—, muchísimos más que aquí, ni siquiera los han contado, ¿para qué? Que mueran unos cuantos más, ¿a quién le importa? ¿Quién va a reparar en ellos?

—Es que ayer yo estuve a punto de ser uno de esos

muertos sin importancia, una de esas abstracciones que por poco pasan a mejor vida.

—Ese cretino de Murray, el del velocípedo, era una calamidad. ¡Ay, uno está rodeado de inútiles!

—Sí, es una pena que saliera mal— comenté mordiéndome los labios.

—En cambio tiene que admitir que lo de esta mañana ha sido perfecto.

—La abstracción de un cochero ha traído hasta aquí a un imbécil abstracto, todo por casualidad. ¿También será casual que mañana aparezcan tres cadáveres más flotando en el río?

—Es una contingencia no desdeñable, pero tengo otros proyectos para ustedes.

—No sé por qué presiento que no me espera una larga vejez —observé sin dejar de mirar de reojo el revólver de la mesilla—, pero antes de que los acontecimientos se precipiten, permítame satisfacer una curiosidad: ¿lo hace por algún ideal o por dinero?

—Sus preguntas son morbosas y un poco estúpidas —me reprendió—. He traído armas de Europa, hemos jugado al escondite, ha habido que aguzar el ingenio, desembarazarse de gente cuya única misión en la vida era estorbar, contribuir a que esos bárbaros del sur matasen de una manera más moderna y civilizada, ahora tengo el gusto de estar conversando con usted, ¿qué más se puede pedir? Mañana viajaré en un cómodo barco, con todos los papeles en regla, con una buena provisión de recuerdos emocionantes que me ayudarán a tener una excelente opinión de mí mismo, creo, señor barón, que muy justificada. Y encima me han pagado con oro, gracias al cual tendré tiempo abundante para filosofar e inventar nuevas teorías que limpien mi conciencia de cualquier sentimiento de culpa. Reconozca que es difícil concebir una vida mejor organizada.

—No sabría decirle— respondí, sumido en la irrealidad absoluta de aquella situación.

—Tómeselo filosóficamente, lo mismo que hago yo, ser héroe o ser asesino, matar o que le maten a uno es la incertidumbre propia del destino humano, el juego, pura cuestión de palabras, de habilidad para la especulación. Pero confieso que jugar con la muerte es lo más entretenido que existe.

Me señaló de nuevo el despliegue bélico que tenía ante sí —las columnas de Wolseley avanzando hacia la ciudad sitiada por unos derviches de papel con turbante y fusil—, golpeó con dos dedos un tambor de juguete como imitaciones de cañonazos, y me miró traviesamente para ver hasta qué punto había conseguido impresionarme.

—Primero ensaya la matanza con soldados de papel y luego la pone en práctica.

—No crea, yo sólo he colaborado a que se maten de un modo más eficiente. ¿A usted no le gustan las guerras? Son una delicia.

Aquel loco jugando a batallas en un rincón de los subterráneos del castillo, al otro lado de la pared Mrs. Leforest dormida frente a su tablero de backgammon, mientras Dinah mataba el tiempo haciendo pompas de jabón, y yo preguntándome qué posibilidades tenía de salir con bien si me arrojaba de un salto sobre el revólver.

Una extraña visión interrumpió mis pensamientos: una criada de cofia, cuello almidonado y delantal entró con una bandeja y dos tazones de oloroso cacao; puso un tazón delante de cada uno de nosotros, con la dorada y crujiente compañía de unas galletitas de té, y cuando me di cuenta ya había desaparecido, llevándose como quien no quiere la cosa mi revólver.

Ya sin esperanzas, siguiendo su ejemplo me tomé el cacao —que tal como supuse era legítimo Cadbury— y mordisqueé unas galletas. ¿Qué podía hacer? Aquello se acercaba a su fin, un falso Wolkenstein-Trotsburg iba a dejar sus huesos bajo la mole espectral de un castillo a medio derruir.

—Muy ricas— dije aludiendo a las galletas y tratando de no pensar en nada más.

—Yo siempre me desplazo con el máximo de comodidades —me hizo saber—. De ahí que pueda asegurarle que durante estos días a Mrs. Leforest no le ha faltado nada. Lo hemos pasado muy bien, es una viejecita encantadora, siempre buscando tesoros, y tan ocurrente, toda una personalidad. Me encantan las señoras a la antigua, no como ese fardo con pantalones que me persigue por ahí. Hemos jugado al backgammon, a batallas, qué sé yo. Ha sido estupendo.

—¿Puedo sugerirle un buen rescate?

—Me gusta que tenga iniciativas, pero por mucho que lo intente no conseguirá mejorar mi plan, es lo malo que tiene tratar con genios. Venga.

Me hizo pasar al tercer cuarto donde vi a dos criadas —la que ya conocía y otra de aire aún más solemne y también uniformada— absortas en unos primorosos bordados de ganchillo. Abrió un ventanuco de la pared y me invitó a que me asomara a un pozo negrísimo que despedía exhalaciones malsanas.

—Ya conoce usted el futuro— me dijo amablemente.

—Mi instinto de conservación no lo aprueba.

—No sea ridículo. ¿Tiene veleidades de inmortalidad? Van a tener un mausoleo grandioso que visitarán turistas de todo el mundo. Toda la eternidad disfrutando de un panteón digno de reyes, quizás un poco estropeado, pero magnífico. No creo que puedan quejarse.

—Me abruma que sea tan generoso conmigo— dije mientras me abalanzaba sobre él con las peores intenciones.

Pero mi ataque no pasó de un conato de estrangulamiento, porque las dos criadas sacaron de debajo del delantal revólveres y me encañonaron con pulso firmísimo. Inmediatamente desistí de mis propósitos homicidas, y el Hombre Gris se sacudió la ropa como si allí no hubiese pasado nada.

—Dixon apunta al corazón, Sayer a la barriga, y entre las dos son mortales de necesidad— me advirtió.

—No volveré a confiar en el servicio doméstico— fue cuanto se me ocurrió decir.

—Ande, sea bueno, haga un rato de compañía a las mujeres que en seguida terminamos. Hasta muy pronto.

Me abrió la puerta y pasé a la primera estancia, donde Mrs. Leforest, que acababa de despertarse, no pareció demasiado extrañada al verme. Yo no sabía por dónde empezar, pero ella tampoco me dio la oportunidad de darle muchas explicaciones, y se empeñó en que le contase cómo había dado con ellas.

—Es una historia larga, pero ahora corremos un grave peligro y hay que pensar algo inmediatamente para escapar de aquí.

La anciana se negó a tomarme en serio, supuso que yo había inventado toda aquella novela para conquistar a su sobrina, y me dijo sarcásticamente que había visto trucos más ingeniosos. Por otra parte me aseguró que Patricia no era tan buen partido, que no contáramos para nada con su dinero, y en cuanto al tesoro aún no lo habían podido encontrar.

Según ella, el tesoro estaba en la cámara circular, la de las jarras con pájaros momificados, y arrancando algún sillar —lo malo es que no sabía cuál— se accionaría un mecanismo secreto que dejaría al descubierto el escondrijo que buscaban, y del que habían tenido noticias por un valioso plano celosamente guardado en cierta arqueta de cedro.

Luego, su revuelta memoria lo confundía todo, amenazas imaginarias o reales, espías que la habían seguido hasta aquel pasadizo semioculto en las ruinas, y el encuentro con un maniático que se aburría tanto que las había retenido allí casi como secuestradas, dijo, siempre jugando al backgammon y a batallas en miniatura.

—Pero no crea que ha conseguido engañarme —añadió muy satisfecha—, desde el primer momento comprendí que era un agente del gobierno que fingía ser arqueólogo por una misión especial relacionada con los derviches.

—¿Y si yo le dijera que este agente del gobierno se dispone a asesinarnos?

—Siempre he creído a los liberales del señor Gladstone capaces de cualquier barbaridad, pero dudo que se atrevan a hacer una cosa así.

Dinah seguía lanzando al aire sus pompas de jabón y Mrs. Leforest me miraba severamente reprochándome tan indignas sospechas —incluso tratándose de los liberales, el gobierno de Su Majestad no iba a asesinar así como así a una ciudadana británica—, era inútil que quisiera asustarla, si quería casarme con su sobrina y ella era tan tonta como para aceptar, allá nosotros.

En el pasadizo se oyó un golpe como de la caída de un cuerpo, hice que las dos mujeres se apartaran y cogí el bastón como único objeto contundente que podía utilizar como arma defensiva. Durante unos segundos no se oyó nada más, y luego un hilo de sangre se deslizó en la habitación por debajo de la puerta.

Ésta se abrió y vimos al explorador barbudo con una linterna en la mano haciéndonos señas de que saliéramos a toda prisa sin hacer ningún ruido. Fuera, de un rincón de sombras emergían unos pies calzados con borceguíes de puntera colorada, y del foldo de aquella oscuridad brotaba, cada vez más caudaloso, el minúsculo río de sangre.

Acallando las protestas de Mrs. Leforest, a la que hubo que arrastrar hasta la salida, dejamos atrás la verja y la cámara circular del tesoro hasta salir por el portillo exterior, junto al cual había el cadáver de mi cochero, boca abajo, como si rezase cara a la Meca, aunque el machete que aún empuñaba excluyera cualquier intención piadosa.

—¿Está bien muerto?— preguntó la anciana en un tono de irreprimible curiosidad.

Nuestro salvador gruñó entre dientes algo que debía de ser una palabrota, consultó rápidamente su reloj y nos hizo correr hasta el coche, que no estaba lejos de allí; de una patada en los ijares puso el caballo al trote y recorrimos como media milla, hasta el final de la explanada, donde empezaban los humildes huertos de las afueras de la ciudad.

Allí nos detuvimos, mientras Mrs. Leforest seguía

increpando al hombre por su conducta desalmada y brutal con el pobre caballo, pero él, de pie en el pescante, con la cabeza vuelta hacia el castillo, mesándose nerviosamente la barba, no le prestaba la menor atención, esperando con ansiedad algún acontecimiento que no iba a tardar en producirse.

La explosión desgarró el aire y vimos cómo el castillo reventaba en sus profundidades, desplomándose sobre sí mismo como tragado por un hoyo que se había abierto en sus fundamentos. El horizonte se envolvió en una densa polvareda, y una sonora bandada de aturdidas palomas llenó el cielo aleteando de susto.

Ante nosotros, un montón de piedras y la mitad de un lienzo de muralla tambaleante, todo lo demás había perdido su antigua forma y su gallardía decrépita para sepultar aquellos corredores subterráneos, la cámara del supuesto tesoro, la estancia donde el Hombre Gris jugaba con sus soldados de papel.

El individuo a quien yo seguía llamando el explorador por asociación de ideas, sacó un pañuelo y limpió cuidadosamente con él la sangre de un puñal que llevaba al cinto: la pulcritud contribuye al trabajo bien hecho. En su rostro había una mueca de felicidad tan absoluta que casi me pareció contagiosa.

De lo que sucedió después guardo un recuerdo borroso y atropellado, quizá porque en mí ya no cabían nuevas emociones. Mrs. Leforest no se conformaba fácilmente: ¿Con qué autoridad había procedido de aquel modo? ¿Qué credenciales podía exhibir para justificar tanta brutalidad, interrumpiendo los pacíficos quehaceres de una ciudadana británica?

El otro reía entre sus barbas sin responder. Luego, en

la oficina de Antar, cuando acudió éste y también Rebeca Bloomfield, hubo largos interrogatorios y un verdadero acoso de preguntas, a la que yo contesté en un estado sonámbulo, como en un ensueño del que participaban a medias el amor y la muerte.

La muerte tan inmediata y sin sentido a la que había visto cara a cara pocas horas atrás, y el rostro de Patricia, como una luz que se iba alejando en medio de aquella noche que yo sabía no sé cómo que no podía ser la última, que era forzoso que hubiese más allá de las tinieblas un resplandor esperanzado para que los dos viviésemos en él.

Ahora lo veía todo claro, aunque no sabía qué es lo que iluminaba mi experiencia, y los diálogos de sordos que se trababan a mi alrededor me parecían una divertida e intrascendente comedia sin otro fin que provocar la risa, dando vueltas a unos misterios dislocados que eran un puro pretexto de comicidad.

Tesoros al alcance de la mano, espías que eran agentes del gobierno o viceversa, desventuradas víctimas de los derviches que resucitaban agresivamente con un mal humor de todos los demonios, criadas como de azabache que jamás habían entendido nada de aquel enredo, pero que sonreían con la dichosa expresión de la inocencia.

Jefes de policía muy inquisitivos que no se conformaban con cualquier patraña, exploradores o seudoexploradores —este asunto no se dilucidó nunca— que se recreaban en su desdén por cierta literata, quien a su vez iba diciendo con displicencia y maldad: Una chapucería, pero hay que reconocer que ha sido expeditivo.

Por fin nos dejaron en paz y volví a mi hotel, donde caí hecho un tronco en la cama y dormí no sé cuántas horas, soñando un revoltijo de historias terribles que siempre concluían igual, abrazando fuertemente, con desesperación, a Patricia Kilkenny, mientras sobre nuestras cabezas se desplomaba el mundo entero.

Me desperté con sobresalto, estaba solo en mi habitación y era ya media mañana del día siguiente. Cuando llamaron a la puerta recordé el plazo que me dio Antar, quien debía de haberme mandado a sus primos para buscarme. ¡Inexorable Antar que cumplía su palabra de la manera más inoportuna!

Pero no era la policía, sino Rebecca Bloomfield que me avisaba de la presencia de Patricia en el hotel para darme las gracias por la intervención que yo había tenido en el salvamento de su tía; luego quería ir a despedirse del abate y de las monjas, y la escritora había juzgado que todo aquello justificaba interrumpir mi sueño.

—Le espera abajo, una señorita no tiene por qué afrontar espectáculos tan penosos como el de un hombre medio dormido a quien se saca de la cama— dijo sentándose tranquilamente con el cigarrillo en la boca, ante la triste estampa de un individuo en camisón, con el pelo revuelto y sin afeitar.

Cuando me vi en el espejo quedé aterrado. Parecía un náufrago a quien acabasen de salvar del océano, aunque era posible que tal comparación aún fuese optimista, porque nada menos seguro que pudiera considerarme a salvo de las garras de la policía. Mientras me afeitaba, comunicándome a gritos con Rebecca Bloomfield le conté lo que me había dicho Antar.

—No le haga caso, es un infeliz— oí que respondía.

—¿Quiere decir que no va a detenerme?— pregunté asomándome a la alcoba con la cara enjabonada.

—Yo no he dicho eso, sólo que es un infeliz. No se inquiete, que le tiembla mucho la mano de la navaja, ya lo solucionaremos.

—Pero ¿cómo?

—No se olvide de que su amada intérprete de Shakespeare le está esperando. No sé cómo, ya se verá. Pero haga el favor de darse prisa porque tiene usted un aire tan conyugal que me crispa los nervios.

Volver a ver a Patricia disipó todas mis demás preocupaciones, y una vez en la misión hubo café y lenguas de gato para todos, parabienes y largas explicaciones por lo común redundantes que no aclaraban nada. Lo único que yo quería decir a Patricia tenía que ser a solas, y estaba visto que no era el momento más adecuado.

El abate nos contó que el vagabundo francés se había ido sin despedirse en pos de su destino o su locura, Dios o la poesía le reclamaban en Francia, o tal vez era lo único que podía hacer con su alma errante. Hay quien tiene que vivir huyendo, añadió, porque tiene el corazón fugitivo.

La petite Thérèse, tirándose de las trenzas, revoloteaba por allí pidiendo a la novelista que le hiciera más juegos de manos, y Patricia y yo cruzábamos miradas intensas y significativas, sin un complemento de palabras que tal vez ya era inútil pronunciar, que sólo podían enturbiar el aire.

Así transcurrió dulce y fatigosamente un tiempo indefinido, no ajeno a la ansiedad, hasta que llegó sor Chantal corriendo para decirnos con mucha excitación no sé qué del cielo; todos miramos a la altura, como esperando de allí una revelación salvadora, y en aquel revuelo me acerqué a la actriz.

—Patricia —dije señalándole un punto cualquiera del espacio—, ¿quiere casarse conmigo?

Entornó los ojos, y haciendo visera con una mano como si se esforzase por ver lo que yo indicaba entre las nubes, recitó:

—Mi voluntad, como en los sueños, parece hallarse encadenada.

—A veces Shakespeare no es del todo claro. ¿No puede ser más explícita?— pregunté repitiendo la comedia de distinguir un punto lejanísimo.

—Por mi virtud —repuso—, que es la joya de mi dote, que no deseo ningún otro compañero en el mundo sino a vos. Ni puede la imaginación forjar una apariencia, salvo la vuestra, que me complazca. Miranda, en La tempestad, acto tercero, si no me equivoco.

—¿Estás segura de que no te equivocas?

—Hence, bashful cunning! —dijo mirándome a los ojos—. ¡Atrás, ruin astucia! ¡Inspírame tú, sencilla y santa inocencia! Soy vuestra esposa si queréis desposarme. Si no, como sierva vuestra moriré. Podéis negarme el que yo sea vuestra compañera, pero seré vuestra sierva lo queráis o no.

—No se puede pedir más —me incliné para besarla con emoción la mano—. ¿Y qué contesta el galán a la admirable Miranda?

—Contesta: Mi señora, amada mía, siempre estaré a vuestras plantas. ¿Seréis mi esposo, pues?, ella pregunta. Y Fernando: Sí, con un corazón alborozado como el del siervo ante la libertad.

—Es muy hermoso, tenlo por dicho.

—En Escocia casan a cualquiera que lo pide, pero Escocia no está cerca.

—En casos así Escocia está en todas partes —intervino el abate Hardouin—. A mí me gusta mucho casar a la gente.

—¿Incluso a los ladrones?

—Nunca he oído decir que fuera impedimento. Medio mundo estaría condenado a la soltería.

Hubo murmullos entre los que miraban al cielo. Algo como un pájaro enorme se acercaba y se iba agrandando ante nuestra vista, hasta que reconocimos un globo en forma de melón de cuyo cordaje pendía una barquilla desde la cual un expansivo navegante saludaba a los terrícolas agitando el sombrero.

El aeróstato se posó delante de la iglesia, y el individuo encaramado entre los cables, abriendo y cerrando válvulas, después de asegurar las tres áncoras de hierro, se presentó a nosotros como el ingeniero Oreste Corradini, oriundo de Nápoles, que venía del delta y que tenía como punto de destino Narambi.

En una improvisada perorata, tras cantar las glorias partenopeas, nos dijo, señalando la envoltura de tafetán que reproducía la bandera italiana, que su globo era el Radamés, y que funcionaba con la pila Corradini, invención suya que había perfeccionado la pila Leclenché con consecuencias revolucionarias (según él, desde Garibaldi en Italia todo era revolucionario).

El aéreo visitante, apenas tomó ánimos con un par de tazas de café, nos contó velis nolis todo lo referente a la carena impermeable, al globo sustentador henchido de gas, los timones y aletas y el motor eléctrico, que pesaba cincuenta kilos, además de las doscientas libras de lastre repartidas en cincuenta sacos.

Solamente al tratar de las pilas Corradini se mostró

más que discreto, por miedo a los piratas del talento, dijo, pero nos hizo palpar la escala de seda y medir su longitud, que era de cincuenta pies, la malla, las cuerdas de cáñamo y la seguridad de la góndola, que llevaba un depósito de víveres y veinticinco galones de agua.

—¿Está pensando lo mismo que yo?— me preguntó Miss Rebecca llevándome aparte.

—Creo que sí.

—Supongo que le queda dinero.

—Si no importa que sea de origen impuro...

—Tal como van las cosas es lo más frecuente— gruñó.

—¿Y qué dirá Antar?

—Espero por su bien que no se le ocurra decir nada— comentó irguiéndose en toda su estatura, como si pensara en dejarse caer sobre el polizonte hasta aplastarlo.

Con Patricia bastó una mirada y lo demás fue rapidísimo y muy fácil. Persuadir a Corradini de que nos llevara a Narambi consistió en una breve conversación en la que sólo se mencionaron cifras, la última de las cuales, notoriamente elevada, acabó de desvanecer sus dudas acerca de que el Radamés pudiera elevarse con tres personas.

—Estoy seguro de que no hay imposibles para las pilas Corradini— dije al cerrar el trato.

—Tiene usted una gran visión científica— contestó muy serio.

Despedirse de tía Lizzie tampoco fue un drama, a la buena señora le daba lo mismo que su sobrina se fuese río abajo o desapareciera por los aires camino de Narambi, y nos repitió aquello de que no se extrañaba de nada porque todo el mundo cada vez hacía cosas más peregrinas, como ahora nosotros le confirmábamos.

—¿Volverá usted a Inglaterra?— pregunté a la escritora.
—Es otra manera de huir, volver a casa.
—¿Y escribirá una novela con todo esto?
—Nadie me creería, la realidad es inaceptable, pero tengo en reserva unos cuantos ensueños que servirán, ensueños de desaparición. La novela se titulará La noche más lejana, The farthest night.
—Buen título, aunque no sabría decir porqué.
—Eso demuestra que es bueno.

Al día siguiente por la mañana el abate Hardouin nos casó en su iglesia con un coro de colegialas que hizo lo que buenamente pudo con la marcha nupcial y el repertorio de Gounod. Momentos antes de la ceremonia, que fue discreta y muy emotiva, sorprendí a mis espaldas el siguiente diálogo:

—Hay que inclinarse ante los designios de lo alto, ¿no le parece, Miss?— decía Antar a la escritora.
—Estoy segura de ello.
—¿A pesar de lo que diga el telégrafo?
—El telégrafo miente, como todas las máquinas.
—Ya me lo parecía.
—Apañados estaríamos si hubiera que hacer caso al telégrafo— exclamó Rebecca Bloomfield, levantando aún más la voz para que yo no me perdiera ni una sílaba.
—Muy cierto, Miss.
—Se puede tener un perdonable olvido...
—La mayoría de los olvidos deberían ser perdonables.
—A los funcionarios les suceden cosas así, se acuerdan cuando ya es demasiado tarde.
—Wolseley también lo ha hecho demasiado tarde.
—Hay precedentes ilustres.

—No quiero parecer interesado, pero si hubiera una compensación...

—¡No hay como un recaudador empedernido! Considéralo un regalo de bodas.

—Miss, usted es una gran mujer.

—Es la primera vez que me lo dicen.

Cuando nos disponíamos a embarcar se nos acercó el tuerto, que hizo un saludo a la usanza del país y dirigió a Patricia una retahíla que supuse eran bendiciones nupciales; luego me metió en el bolsillo un revólver y por fin se arrancó el pegote que simulaba la órbita vacía, exhibiendo un ojo perfectamente sano que brillaba maliciosamente.

—Les deseo un buen viaje —dijo en inglés con el mejor acento de Oxford—. Mi nombre es Henry Feversham— agregó, antes de dar media vuelta y desaparecer entre los curiosos, llevándose con él su secreto.

El Radamés, tras un leve estremecimiento, se alzó de un modo suave e imperceptible en medio de zumbidos eléctricos, como una bocanada de humo que asciende en el aire; pronto lo que parecía algo enorme, la desmesurada persona a Miss Rebecca con un pañuelo en la mano, se convirtió en una mancha sobre la tierra pardusca.

Y así penetramos en un cielo donde se libraba una batalla ciclópea de formas de oscuridad y de luz, hasta llegar a los tres mil pies. El aeróstato dejó atrás unas nubes algodonosas y se perdió en un azul purísimo, mientras Patricia se abrazaba a mí, igual que en el sueño.

FINAL

En aquel extraño viaje de luna de miel convertido en aventura y en dulce balanceo veíamos discurrir bajo la fragilidad de nuestra barquilla la corriente del río, angostándose entre peñas que lo estrangulaban hasta formar rabiones como amenazas del agua súbitamente enfurecida a nuestros pies.

Junto a templos en ruinas que eran del mismo color que el pimentón se encendían manchas radiantes de mimosa, y más allá, rompiendo el horizonte, bloques de granito rojo escalonados en un desierto sin fin. Bandadas de tórtolas sobrevolaban airosamente los faluchos camino del sur.

Nos confortamos bebiendo un poco de ron, según Corradini lo mejor que podía beberse cuando se iba en globo, y horas después descendimos sobre estrechas gargantas hasta hacernos visibles para una guarnición inglesa que nos contempló con estupor; no sabían qué clase de pájaros éramos, pero al fin correspondieron desde una atalaya a nuestras cortesías.

Muy pronto dejamos atrás la aldea y sus rizos de humo en la soledad del aire. Al ponerse el sol una isla verde como una esmeralda brillaba en medio de los turbios colores del río. Ya no volvimos a verlo: cruzábamos una región fronteriza y final al oeste de los últimos lagos, y tras unas montañas apareció el verdor oscuro de la selva.

Fue cuando aquellas pilas tan revolucionarias empezaron a fallar por razones tan misteriosas como científicas. ¿Qué se podía hacer? Trepé como un mono por entre los cables tensando y ajustando de acuerdo con las instrucciones del aeronauta, mientras él se esforzaba por componer el artilugio.

La hélice quedó inmóvil y Patricia y yo pensamos que la historia de nuestro amor podía durar el tiempo de un suspiro. A merced del viento fuimos bajando lentamente y el Radamés se posó con suavidad en lo alto de una colina desnuda rodeada por todas partes de espesa vegetación. Como robinsones después de un naufragio entre las nubes volvíamos a pisar tierra firme.

Al momento rodeó el globo una multitud denegrida y compacta de pelo lanudo, con postizos de colas de búfalo, que nos apostrofaba cantando: Laula lonni cadori, o algo así. Tañían un instrumento compuesto por barras de madera arqueadas, con calabazas formando cajas sonoras en las que daban golpes con palillos de tambor.

Su actitud no era hostil, quizá nos consideraban emisarios del cielo. Repetían la palabra Omumbu, y por fin trajeron a nuestra presencia en un palanquín rústico a un viejo de piel escamosa y mirada de falsía que era su rey. Comprendimos que él era Omumbu y que debíamos considerarnos sus huéspedes, acaso sus prisioneros, quién sabe si sus futuras víctimas.

Su Majestad vestía una túnica de tela de cortina y calzones con una raya escarlata lateral, e iba envuelto en una capa de cachorros de antílope. ¡Katema!, nos decía una y otra vez por toda explicación, sin que ninguno de nosotros acertase a medir el grado de hospitalidad que expresaba el término.

Nos llevaron a una choza donde comimos de nuestras provisiones, y aquella noche, después de organizar turnos de guardia, antes de conciliar el sueño Patricia y yo nos contamos nuestras vidas, mejorándolas con algo de imaginación, sin conformarnos con la escueta verdad, ya que había que ser exigente dadas las circunstancias.

¡Oh, los juramentos de unos enamorados en su noche de bodas en plena selva, cuando es posible que toda la vida que les quede por delante quepa en la ansiosa espera del amanecer! Un ladrón inglés que sólo sabe mentir y una actriz irlandesa completamente insensata se dijeron lo más hermoso del mundo.

¿Cuántas veces nos dijimos que nuestro amor iba a ser eterno? Seguramente ante de nosotros nadie había dicho una cosa igual. También tomamos la decisión de que en caso de sobrevivir no nos separaríamos nunca, y Baodicea se durmió con su frente augusta y serena sobre mi hombro. La oscuridad azulina tenía un perfume de jardín inglés.

Horas después, en mi sueño que poblaban fantasías de amor y de sombra oí romperse cristales, y me desperté; Oreste dormía abrazado a su fusil, y en la choza acababan de entrar con mucho sigilo unos negros provistos de azagayas, tal vez con malas intenciones, aunque no me tomé la molestia de comprobarlo.

Bendiciendo la previsión del falso tuerto que había estudiado en Oxford, disparé contra ellos hasta que no quedó ni uno vivo, y nos precipitamos hacia el exterior; fuera no había nadie más, y el aeróstato seguía en lo alto de la colina como un oscilante fantasma mecido por el viento.

Mientras yo volvía a cargar el revólver, Patricia, aferrada a mi brazo, murmuraba no sé si oraciones o citas de Shakespeare. Entonces vimos que desde la puerta de su choza palacial, flanqueando cuya entrada había dos colmillos de elefante, Omumbu nos hacía señas como si nos invitase a entrar allí.

Asustado o colérico, no sabría decirlo, porque las manifestaciones de la hipocresía cambian de continente a continente, nos soltó un discurso que parecía tener acentos de perdón, el muy canalla estaba dispuesto a olvidar nuestras diferencias, y para reconciliarse con nosotros hizo decapitar allí mismo a un esclavo.

¡Katema, katema!, decía muy satisfecho, como si acabara de darnos una gran prueba de amistad. Yo estaba lívido, las uñas de Patricia se me clavaban en el brazo igual que garfios y Corradini mascullaba todo un repertorio de maldiciones en dialecto napolitano, pero se decidió simular que le seguíamos la corriente.

Sonreí a aquel bárbaro para corresponder a su fineza, y él a empujones tal vez cordiales nos hizo entrar en su palacio pisando la mancha de sangre en forma de pulpo que había en el suelo. Nos sentamos sobre unas pieles de vaca que servían de alfombras y trajeron cortezas de árbol a manera de fuentes, leche, plátanos hervidos y un asado que parecía carbón.

Corradini y yo picamos de todo aquello con muchísima cautela, tras esperar que Omumbu hiciese la salva, pero Patricia no estuvo a la altura de su proverbial apetito; mientras, unos timbaleros acompañaban el ágape haciendo retiñir los abalorios que les colgaban por todo el cuerpo.

La conversación, hecha de gañidos y mímica, languideció pronto, y cada vez que yo veía a Omumbu levantar la cabeza, apuntándome con los tremendos orificios de su chata nariz, tentaba el revólver que llevaba metido en la cintura, pero el lúgubre festín seguía su curso. Fuera oíamos un prolongado rumor y aquel tam-tam de obsesivos redobles.

Hasta que Corradini sintió bullir en sus venas la ardiente sangre italiana, quello spirto guerrier ch'entro mi rugge, e increpó a Omumbu lanzándole una catarata de improperios: Giuda, furbo, assassino, scellerato, sabandija embetunada, basura inmunda, gusano, grandullón negruzco, alimaña, asquerosidad, piltrafa, espantapájaros...

Le calmé como pude. Omumbu parecía desconcertado, y tal vez para afirmar su autoridad agarró por el cabello a Patricia en un gesto posesivo, como quien dice: Esta mujer es mía. Oímos un alarido rabioso digno de Lady Macbeth, y yo disparé dos veces sobre la bocaza abierta del reyezuelo. El tam-tam enmudeció.

Salimos corriendo hasta llegar a la colina, donde el Radamés era ya una masa fláccida, agujereada por mil flechas, que se deshinchaba lastimosamente sobre la barquilla como un enorme animal herido, encogiéndose en su agonía con el estertor de sus últimas ansias. Ahora tanto daba que las pilas Corradini funcionasen o no.

La tribu, con el cuerpo listado de blanco y círculos de cal en torno a los ojos y la boca, armada de lanzas, azagayas y sables dentados como sierras, rodeaba la colina en un silencio roto aquí y allá por impacientes murmullos, como si esperasen antes de atacar la aparición de alguna magia que no podíamos prever.

La noche se puso centelleante de guiños luminosos y la selva desprendía un olor acre y aromático. Patricia, actriz hasta el último momento, fiel a sí misma y a Shakespeare en aquella situación tan teatral, me dijo: ¡Oh, mi señor, cierra los ojos, la muerte nos mira impasible como las estrellas!

Pero no había tales estrellas, sólo miedo y oscuridad. Hasta que salió la luna entre nubes como una cornada de luz, y un rayo blanquísimo nos iluminó como un foco, bañándonos en claridades celestes y arrancando reflejos de palidez en nuestras caras. Luego aquel mar lechoso de luz se derramó sobre nuestros expectantes sitiadores.

Pensé que podían interpretarlo como una señal propicia para hacernos picadillo, pero no ocurrió nada, ante nuestra sorpresa no parecían tener prisa en quitarnos de en medio, como si disfrutaran de un memorable espectáculo en el que intervenía incluso, con no poco efectismo, subrayando contrastes de blanco y negro, la gran luminaria de la noche.

Entonaron una especie de súplica imprecatoria a las divinidades, tal vez para pedirles una buena digestión, según apuntó Corrandini, y se oyeron flautas y el sonido hueco y bronco que producían al golpear con ambas manos un tronco vaciado. El himno o lo que fuera, no fácilmente traducible, decía así:

> Aíta kambé
> kawo mita kambé
> no mitri ni ka ramoe
> kambé kambé.

De lo cual no sé si debíamos alegrarnos. Corradini se envolvió el cuerpo con una bandera italiana convirtiéndose en un canelón patriótico, y nosotros nos cogimos de la mano, mirándonos tierna y desoladamente a los ojos, como quien se dispone a cantar un adiós a la vida. No obstante, no ocurrió nada de lo que esperábamos.

Todavía hoy no he conseguido entender porqué pasó aquello, yo esperaba que los salvajes fueran más consecuentes, pero ni siquiera en medio de la selva puede uno encontrar un poco de lógica en las reacciones humanas, la verdad es que en este terreno todo es un desbarajuste, y se reacciona de un modo que atenta contra el sentido común más elemental.

Claro que gracias a ello aún estamos vivos, pero eso no quita que siempre recuerde aquel episodio como un rotundo mentís a la creencia generalizada de que el hombre es un animal racional, y que por lo tanto lo que siente, lo que decide y lo que hace tiene que obedecer en mayor o menor medida a ciertas normas, leyes o principios.

En fin, para abreviar, resultó que absurdamente, en vez de comérsenos nos hicieron comprender que éramos divinos, se postraron ante nosotros en señal de adoración, a pesar de nuestra desconfianza nos colmaron de dones, invitándonos a ocupar el lugar de Omumbu en la choza palacial.

Bueno, bien está lo que bien acaba, el mundo tenía tres dioses más, y apenas repuestos del sobresalto y convencidos de su buena fe, nos avinimos a representar nuestro papel de aquella mojiganga haciendo lo posible para no defraudar a los que tanto esperaban de nosotros, y en seguida nos acostumbramos a que nos adorasen.

Lo demás vino rodado. En el fondo, ¿qué se nos había perdido en Narambi, quién nos esperaba en la India? Aquella era una oportunidad única y extraña que no podíamos desaprovechar, y así sucedimos a Omumbu convirtiéndonos en reyes de un territorio tan grande como el condado de Surrey, aunque con una vegetación bastante más caótica.

Fue literalmente cierto aquello de que An Englishman's house is his castle, porque vivíamos en una construcción fortificada, con amplias trincheras alrededor y centinelas armados de la guardia real defendiendo nuestras personas, por si acaso alguna vez olvidaban nuestra condición divina.

En mi calidad de rey (porque Corradini prefirió instalarse por su cuenta) administré justicia, presidí festejos y asistí, entronizado y solemne, dando ejemplo de dignísima majestad, a danzas y ritos cuyo significado fue pareciéndome cada vez más razonable. Es curioso cómo uno se acostumbra a todo, y no digamos cuando las ceremonias dan por supuesto que somos omnipotentes y sin ninguna traba constitucional.

Hubo que pacificar zonas inquietas de mi nuevo reino, acaudillar expediciones contra vasallos rebeldes que, mal aconsejados y por la miserable codicia de unas cabezas de ganado, se sublevaban contra mi autoridad. Ya es sabido, la embrutecedora rutina de esas cosas: degollar, incendiar cosechas, añadir más vacas y búfalos a los reales rebaños, arrasar aldeas librando toscas batallas con pueblos que tenían un aspecto fantasmagórico.

Alguna vez me vi empujado a guerras de conquista, expediciones de castigo o pillaje, la línea divisoria era difícil de trazar, para imponer orden o tal vez con fines de rapiña, nadie parecía saberlo y nadie tampoco sentía interés por averiguaciones de ese tipo. Un rey es un rey, todo lo demás que lo juzgue si puede la Historia venidera.

Ensanché mi territorio, comercié en pieles, marfil, gomas y resinas, y creo que guardarán un buen recuerdo de mi reinado: justo dentro de lo posible, no hay que exagerar, relativamente pacífico, magnánimo a mi manera, que es un poco desganada y burlona, y desde luego amante de las tradiciones, que son la base de casi todo.

A la reina consorte le costó más lo de las tradiciones. Se empezó en convertirse en enfermera, médico, maestra de inglés, profesora de labores, y hasta quiso fundar una academia de arte dramático, aunque lo último afortunadamente no pasó de proyecto. Caprichos de soberana ociosa y con buenos propósitos, cuyos súbditos ofrecían una obstinada resistencia a dejarse civilizar.

Atravesamos el tiempo como si los días estuvieran hechos de aire, de alguna materia tan dócil y sutil que parecía no oponer resistencia ni modificarnos. Fueron años risueños de dorada soledad, amor y backgammon, al que jugábamos con mis monedas de oro (todo tendrá que darlo y arriesgarlo el que me elija) y plata (quien me escoge logra lo que merece).

Apenas teníamos relación con los ariscos pobladores de las tierras circundantes, salvo alguna visita a Ibrahim, es decir, Corradini, que reinaba a quince días de viaje desde nuestras fronteras del sur. Se había convertido al Islam sin una fe excesiva, más bien por conveniencia, e ideaba máquinas voladoras que por falta de medios técnicos nunca llegaron a rivalizar con pájaros.

Le hacíamos una visita de cumplido cada dos o tres años, y allí, donde se había hecho un paraíso de Mahoma a su medida, era feliz en una poligamia que ya le había proporcionado más de doscientos hijos, un ejército de vivaces mulatos que chapurreaban ruidosamente el italiano en su variedad napolitana.

Nosotros éramos monógamos, y mi primer decreto fue para librarme de las cincuenta hembras adiposas que constituían el harén real, todas con la cabeza rasurada y tan gordas que no cabían por la puerta de la choza y hasta para andar necesitaban que alguien las sostuviera. Claro que fuimos menos prolíficos.

Aunque también fundamos una dinastía peculiar, confío que imperecedera, inmortal como el mismo Imperio de Austria-Hungría, al que, como se recordará, pertenecí en cierto modo: cuatro vástagos a los que Patricia llamaba orgullosamente, pletórica de recuerdos de Shakespeare, This happy breed of men.

Sí, por Júpiter, dichosa estirpe humana, por más que crecieran en un estado mixto de barbarie y sofisticación que nos tenía perplejos, algo así como entre el gentleman y el caníbal. Iban casi desnudos, cazaban en la selva y eran muy comprensivos respecto a la brujería y a la antropofagia, inclinaciones difíciles de corregir dado el medio ambiente.

Pero en familia hablaban el inglés de Shakespeare, contaminado por alguna expresión moderna que se me escapaba a mí, y sabían tomar irreprochablemente, no el té, del cual carecíamos, pero sí un sucedáneo de infusión que hacía sus veces, con las mejores maneras: nunca se les hubiera ocurrido servir la leche antes que el té o mantener tieso el dedo meñique mientras bebían.

A veces, en las horas de esplín o hipocondría que la existencia más afortunada también contiene, albergábamos el temor de que, viviendo en aquel marco selvático, a pesar de Shakespeare pudieran caer en el canibalismo. ¡Siniestras figuraciones! Pero nada de esto sucederá, y me lo repito a menudo para que no me quepa ninguna duda.

Luego disipaba la inquietud de Patricia con cariño y

suculentos menús que hacía preparar para ella. Después del festín —agreste, pero sustancioso—, se sentía más optimista, y pasada la crisis reanudaba sus hábitos alimenticios, ahora de una estupenda moderación, porque su apetito no había vuelto a ser lo que fue.

Yo alguna vez soñaba con recibir carta de Londres. Imaginaba una misiva remontando el río hasta más allá de los últimos rápidos, llevada por una caravana a través del desierto, deteniéndose durante años en un aduar perdido hasta que, descubierta por alguien como Giriagis Bey, cruzase por fin pantanos y selvas hasta llegar a su destinatario, que era yo, arrollada en un canuto, tal vez ilegible por efecto de la mojadura.

¡Noticias de Londres! ¿Para qué? He dejado de esperarlas, somos muy felices sin saber nada de nadie, en medio del tenebroso corazón de la espesura, habitando la noche y sus brillos de plata deshecha, como en una isla de ásperas fragancias que defiende nuestro amor y nuestra libertad.

La noche que ahora veo cómo rasga la gumía de la luna, teatro invisible y rumoroso para la contemplación, para ver en él nuestro misterio y para que nos vea, porque actores somos al fin en esta lejanía soñada que se confunde con la verdad. Como dice el Vate, muchos toman por realidad los sueños, y en consecuencia, ¿cómo van a extrañarse de que su dicha sea también un sueño?

19 de marzo de 1986

Dramatis personae

El narrador, como se llame, porque es incierto, una vida más bien inquieta.

Patricia Kilkenny, señorita del condado de Surrey que tiene el oficio de fingir.

Basil Scott-Grey, con guión, hombre avaro en palabras, no digamos más.

Saturnin Petitfils, del comercio, que vende artículos de París en otro mundo.

William Shakespeare, autor dramático inglés al que se cita con frecuencia.

Baodicea, antigua reina de los britanos cuyo recuerdo no es fácil de borrar.

Un oficioso maestresala que no considera viles todos los metales.

Tía Lizzie, de casada Mrs. Leforest, viuda rica que tiene propensión a desaparecer.

Dinah, criada negra de Mrs. Leforest. Oculta sabe Dios qué secretos.

El primo **Stanislas Kilkenny,** que pasó a mejor vida, coleccionista de relojes.

Sayed, tintorero que también se ocupa de resolver problemas insolubles.

Un misterioso tuerto al que vamos a encontrar hasta en la sopa.

Vagabundo medio loco que viene del Líbano y va hacia Dios.

Katharina Schratt, actriz que cosecha aplausos en la Viena de la monarquía dual.

La sin par **Rosita Mauri,** bailarina española natural de Reus.

Alastair H. Murray, sportman. Cultiva el recreo noble y varonil del velocípedo.

Hirsuto explorador que parecía destinado a no ser más que una vana apariencia.

Don Teodoro, caballero español que jamás ha existido, pero que vivía en San Juan de Luz durante la última carlistada.

Alguien a quien parece que hay que amansar por vía telegráfica.

Helen Cattermole, dama preguntona empeñada en saber más de lo que conviene.

Ambrose, su marido, que suspira por un ambigú inasequible.

Johann Strauss, autor de divinas melodías vienesas que aún son nuestro deleite.

Rebecca Bloomfield, novelista a quien la posteridad recuerda por La casa de los amores mortales.

Un notable alla turca que contempla el mundo con pasividad oriental.

Señorita aquejada de afecciones que sobrelleva con melancólico orgullo.

Invitado gracioso al que, a pesar de nuestros esfuerzos, no ha sido posible identificar.

Ernst Dietrich Hamm, profesor alemán y sabio irrefutable.

John H. Watson, doctor en medicina que vuelve herido del Afganistán.

El vizconde **William Bury,** que tanto amaba el velocípedo.

Mrs. Frances Emily Chappelow, anfitriona que dirige una bien ensayada comedia social.

Míster Chappelow, su esposo, que en este relato sólo será una alusión esporádica.

Mortimer y **Davidia Jebb,** matrimonio con fuertes tendencias canoras.

Julián Gayarre, afamado tenor que despierta entusiasmos frenéticos.

Baker Pachá o **Valentine Baker,** animoso y desventurado militar inglés.

General **William Hicks** o **Hicks Pachá,** que murió en el campo de batalla.

Joseph Garnet Wolseley, mariscal de campo que está al frente de una expedición de socorro destinada a llegar demasiado tarde.

Augusta, hermana mayor de alguien a quien no se nombra. Vivía en Southampton.

El idolatrado hermano de **Augusta,** mandarín de la China y general inglés.

Su Majestad **Victoria I,** reina de Gran Bretaña e Irlanda, y emperatriz de las Indias.

William Ewart Gladstone, político con el que no congenia ni Su Majestad ni nosotros.

Mohammed Ahmed Ibn-el Sayyid Abdullah, tal vez de la familia del profeta Mahoma.

El Hombre Gris (The Grey Man), de quien lo menos que puede decirse es que es un tipo raro.

Filomena, santa de historicidad discutible, pero que si está aquí será por algo.

La petite **Thérèse,** ese niño que siempre conviene poner en un rincón de la novela.

El abate **Guy Hardouin,** cura francés en tierra de infieles.

Antar, policía poco heroico que lleva el nombre de un héroe beduino.

Un vicecónsul asesinado de manera particularmente reprobable.

Thomas Cook, de Ludgate Circus, que enseñó a viajar en rebaño.

Míster W. H. Voodley, empresario de las Parisian Varieties en una gira llena de tropiezos.

La señorita **Minnie Hall,** que canta: Two lovely black eyes, oh! what a surprise!

Míster J. S. Romer, maestro consumado en la caracterización femenina.

Señorita **Elma Wollingdrope,** cuyo número fuerte es la DANZA ELÉCTRICA.

Las señoritas **Young y Murphy,** del Château Mabille de Nueva York, que no es poco.

Un juglar indio que hace maravillas, aunque se desconocen detalles de su actuación.

Ellen Terry, famosa intérprete de Shakespeare cuya vida privada, según dicen, deja mucho que desear.

Iris, mujer entristecida que consuela como puede a un niño.

Sor Chantal, misionera parlanchina que nos cae francamente bien.

San Dimas, el Buen Ladrón, patrón celestial de los que roban.

Dixon y Sayer, dos criadas insólitas que al parecer son de cuidado.

Madame Hortense, cuya existencia no podíamos ni sospechar.

Coronel Donald Stewart, que muere de mala manera a manos de salvajes.

Oreste Corradini, un italiano con el don de la oportunidad.

Radamés, artilugio demasiado moderno para funcionar como Dios manda.

Henry Feversham, personaje que sale directamente de los sueños de nuestra niñez.

Omumbu, jefe negro de piel escamosa. Desde el primer momento inspira desconfianza.

Giriagis Bey, individuo que requeriría enojosas explicaciones.

Cuatro vástagos de cuyo porvenir ojalá pudiéramos decir más.

Comparsas:

VIAJEROS muy mezclados en un vapor, faquines insolentes, vendedores de la calle, cocheros, mendigos, turistas gregarios que lo curiosean todo, aguadoras; dioses de milenios atrás, ahora muy decaídos y en mala conservación, eunucos de expresión un tanto reprimida y severa, esclavas y odaliscas, o como se llamen las damas de los harenes, arpista vienés que se ahorca con una cuerda de su instrumento; soldados de piel morena, domésticos con túnica azul y descalzos, actores yanquis de las Parisian Varieties, granujas que falsifican antigüedades con un desmedido afán de lucro, colegialas indígenas objeto de una buena educación monjil, policías más bien indolentes y a menudo emparentados, tipos ociosos que se consideran intrépidos por salir de Europa; banqueros belgas que no se resignan a que les roben, políticos del Foreign Office que no se aclaran, hombres de la Royal Geographical Society, espías irreconocibles bajo su astuto disfraz, agentes del gobierno, hazañosos militares, buscadores de fortuna, reporteros que andan husmeando por los oasis, gente inclasificable y errabunda que va y viene en caravanas; porteadores, traficantes de marfil, renegados, recaudadores de contribuciones, siempre mal vistos, locos a quienes por fin alguien toma en serio, guarniciones solitarias y temerosas, jeques de fidelidad indecisa, mercaderes árabes, misioneros barbudos, derviches fanáticos, tribus belicosas de tierra adentro; y negros, muchos negros, algunos con un curioso color de chocolate con canela.

ÍNDICE

I	[13]
II	[35]
III	[57]
IV	[79]
V	[99]
VI	[119]
VII	[139]
VIII	[159]
IX	[179]
X	[199]
FINAL	[221]
DRAMATIS PERSONAE	[233]
COMPARSAS	[239]